A la cárcel
Ricardo Elías

Ganadora
V Concurso Internacional de Novela
Contacto Latino

PUKIYARI EDITORES
www.pukiyari.com

*Al perico chico
ese que ostenta el título de ser
mi ahijado, Santiago.
Para que tenga algo que leer
cuando caiga en la cárcel.*

Índice

1

Ninguno de los dos sabía por qué estaba ahí, o más bien sabían, pero pretendían no saber. Intentaban autoconvencerse de una inocencia ficticia.

La celda no era pequeña. Cabía un camarote más pero la negligencia de la dirección los amparaba. Lalo Cartagena caminaba de muro a muro. Al principio contaba las vueltas, luego se transformaba en algo automático, irracional, no llegando a ser nunca, ni por cerca, meditativo. Probablemente Lalo Cartagena tenía las esperanzas puestas ahí. Necesitaba olvidar su existencia. Necesitaba olvidar su encierro.

Gritos, llantos, lamentos insoportables no paraban de oírse durante todo el día al interior de esa fortificación. A ratos también se producían largos silencios,

silencios agónicos, como suspendidos de una tensión inconclusa. Su compañero, Boticheli Hernández, cuyo nombre había sido puesto a partir del pintor, permanecía echado en la cama inferior del camarote hojeando una revista *Condorito*. Podía leerla y releerla infinitas veces. No sonreía en ninguna de ellas. Si ambos tenían algo en común era el miedo a la muerte, más bien a la sangre de la muerte, a una muerte violenta como las que ocurrían al interior de ese recinto penitenciario. Gracias a eso ninguno de los dos había intentado acabar con su vida todavía, como tantos otros. Eso y una parienta llamada Nilda era lo que tenían en común. Dieron con esa casualidad una noche en que hablaban de sus familias para romper el tedio. La Nilda pariente de Lalo era gorda y pequeña, la Nilda pariente de Boticheli también era pequeña pero más bien flaca. Ninguna de las dos era atractiva, otra cosa en común.

Aunque las puertas de las celdas estaban siempre abiertas, Lalo veía y hasta podía palpar algo así como un muro invisible tapiado en el dintel. Le aterraba dejar la seguridad, mínima, que ofrecían esas cuatro paredes. Le aterraba salir al pasillo, poner un pie afuera de la celda. Sólo salía al almuerzo. O cuando iba al baño, siempre aprovechando las altas horas de la noche.

—Creo que con todo el tiempo que llevo aquí conozco cada centímetro de esta celda —advirtió Lalo Cartagena.

Boticheli no dijo nada. Hacía tiempo que dejar de responder ya no era algo incómodo para él. Al principio todos los silencios eran medio desagradables y eso forzaba la agotadora tarea de hablar por hablar. Ya no. Siguió contemplando las deprimentes viñetas en su revista. Lalo Cartagena se agachó y lo miró durante algunos segundos.

—No aguanto más —dijo.

Boticheli lo miró de vuelta y retomó su lectura. Lalo Cartagena cogió la revista y se la arrebató de sus dedos. Boticheli se estremeció con molestia, pero el temple de su compañero lo calmó.

—No aguanto más —repitió Lalo, y prosiguió con sus rondas frente a los barrotes de la ventana. De la única ventana que existía en el muro.

2

Estaba nublado. Algunos reos jugaban a la pelota, un grupúsculo hacía gimnasia en una esquina. El
resto se reunía en las colectividades que conformaban
las temidas bandas del patio central, pequeños grupos
de poder que se disputaban el mando del recinto. Ganzúa Jiménez era uno de los líderes. Su clan estaba con-
formado, entre otros, por sus dos intocables: Yanclot
Valdés y Julio Delgado, más conocido como el Guatón
Delgado. Ellos, a su vez, también tenían sus propios
clanes. Lalo Cartagena y Boticheli Hernández pertene-
cían al de Yanclot. Puestos en un organigrama empre-
sarial diríamos que Ganzúa Jiménez vendría a ser el ge-
rente de la compañía, Yanclot Valdés y el Guatón Del-

gado los jefes de sucursales, y para abajo el resto, aunque para arriba también continuaba. Siguiendo el mismo modelo, don Chuma o Chumita podría considerarse el presidente de la firma. Chumita, el patriarca, era el preso más viejo del penal y alguna vez también fue el más violento. Su rostro y sus delgados brazos fibrosos exhibían enormes cicatrices que pasaron a conformar el corroído paisaje de su cuerpo. Aunque ahora se le temía más al séquito de criminales que lo resguardaba, episodios sanguinarios y brutales del pasado le permitían hoy alzarse como la máxima autoridad y carecer de rivales. De alguna forma la cárcel estaba más tranquila desde entonces. Chumita llevaba más de treinta años de encierro. En su juventud había asaltado el camión de valores de una poderosa empresa utilizando un innovador plan que terminó por sentar las bases del atraco moderno. Durante la persecución mató a seis policías y atropelló a un niño. Probablemente moriría tras las rejas.

—¿Puchito? —ofreció Justo Guzmán, más conocido como el Picle, a Boticheli Hernández.

—Dame uno.

—Lorea quien viene —advirtió el Picle mirando hacia el otro lado de la cancha—. ¿Que no es el Lalo?

En efecto, Lalo Cartagena se asomó tímidamente al patio y caminó hasta donde estaban ellos.

—¿Qué te pasó, Lalo, que saliste de tu cueva? —preguntó el Picle extrañado. Otros presos más allá miraron con desconfianza.

—Quiero tomar aire.

El Picle le echó un vistazo a Boticheli Hernández, como queriendo saber las verdaderas razones de la presencia de Lalo allí. Pero a Boticheli sólo le preocupaba disfrutar de su cigarrillo echando humo en dirección al cielo.

—¿Un puchito? —ofreció el Picle.

—No fumo —respondió Lalo.

—¿No fumas...? Me estay hueviando.

—El cigarro da cáncer, Picle.

—¡Pero huevón, estamos en cana! A quién chucha le importa. Estirar la pata sería lo mejor que podría pasar.

—Sí, claro. Imagínate que fumas durante tus diez años de presidio, cumples tu condena, sales libre, llegas a tu casa, abrazas a tu mujer y sientes un dolor en el pecho. Al día siguiente vas al doctor: cáncer de pulmón, tres meses de vida, ¿cómo te verías?

El Picle miró su cigarrillo. Lo tiró al suelo y lo pisó.

—Me convenciste —dijo—. No te fumo nunca más. Igual, de aquí a que salga… van a pasar una chorrera de años. Mi familia ya no viene ni a verme pos loco. La Laura anda con un mecánico. Se van a casar.

Encendió otro cigarrillo.

—A quién queremos engrupir —dijo—. De aquí no vamos a salir ni el día de la goma.

—Yo me quiero escapar, como sea —confesó Lalo—. No aguanto más.

—Puta, ¿y quién no? —agregó El Picle—. Pregunta en voz alta, te apuesto a que todos los culiados levantan la mano. Pero… ¿del dicho al hecho? Nadie se ha olvidado lo que le pasó al Renato cuando saltó el muro sin cachar que del otro lado era el doble de alto. Se sacó la cresta, quedó como acordeón. O el Keko Osorio, cuando cavó mal el túnel y llegó al baño de los gendarmes.

Yanclot escuchó la conversación y se acercó para corregir:

—Keko Osorio no llegó al baño de gendarmería, Picle, eso es una huevada. Hizo un túnel bastante bien hecho y salió libreta. Esa historia del baño de gendarmería la inventaron para ocultar la vergüenza que le trajo a la dirección. Pero Keko se abrió, huevón. Se fugó.

El Picle asintió nervioso mostrándose absolutamente de acuerdo con la aclaración de su líder.

—Tú tienes cara de querer escaparte de verdad —dijo Yanclot mirando a Lalo. Pero antes de dar tiempo a una respuesta, continuó—: Hazlo, huevón. Yo te ayudo.

Lalo Cartagena miró a Yanclot fijamente, como si buscara en sus ojos el convencimiento que necesitaba para tomar la decisión. Una pelota cayó a sus pies, la única pelota que tenían allí. Los presos que disputaban el partido elevaron sus brazos para que les fuera devuelto el balón. El Picle chuteó. La pelota fue a dar contra uno de los muros y quedó arriba del techo. Sonó el timbre. A desocupar el patio.

3

Las celdas olían a humedad, una humedad re-
pugnante que lo impregnaba todo con solo cruzar la
puerta. Para quien llegaba por primera vez la sensación
era horrible. Pero la costumbre, o la resignación, o una
extraña mezcla entre ambas siempre terminaba triun-
fando. Al interior de esa cárcel nada olía bien.

Boticheli Hernández sacudió con la mano la sucia colcha de la cama inferior del camarote. Se recostó.
Estiró sus articulaciones. Respiró hondo. Cogió una de
las revistas *Condorito* que mantenía perfectamente or-
denadas en el suelo junto al muro. Comenzó a hojearla.
Al término de cada historieta soltaba una sonora carcajada bastante fingida. Probablemente intentaba hallar
en esas revistas el consuelo ante las miserias de la vida,

un placebo para soportar el peso de una existencia tormentosa. O quizás sólo buscaba saber la nueva aventura de Huevoduro. Lalo Cartagena lo observaba sentado en una esquina. Podía observarlo largas horas pacientemente. Boticheli daba vueltas a las páginas y volvía a reír. Reía y reía y de pronto la risa se transformaba en llanto, en un llanto amargo.

—Esas revistas te ponen mal —dijo Lalo.

—No es Condorito, soy yo —aclaró Boticheli—. No hay un solo día que no me arrepienta de haber asaltado ese bazar. No me trajo nada bueno, ni siquiera respeto aquí adentro. Por qué mierda lo hice. Por qué no elegí el banco que quedaba al frente. Larry me invitó cuando asaltaron el Banco de Chile. «Tienes que venir», me dijo. Pero eran muchos huevones. Eran quince huevones, muchos. Yo quería una corona personal. Estuve sapeando el bazar durante varios días. Lo atendía una abuelita y entraba poca gente, no era peludo.

—¿Y nunca pensaste que pocos clientes poca plata?

—Es fácil ser general después de la guerra, Lalo, pero ahí mismo la huevada es distinta. Todavía tengo pegada la cara de la vieja al verme. Quedó como estatua. Yo creo que la cuchara se le paró ahí. Cuando se cayó encima de la repisa ya estaba muerta. Pero de qué vale pegarse las puñaladas ahora si la cosa está hecha. Es injusto que la vida no ofrezca derecho a pataleo. Uno debiera poder cagarla, arreglarla y seguir adelante como si nunca la hubiese cagado.

—Bueno, para eso están las cárceles, para pagar esos errores.

—No, debiera ser al tiro. Como una goma de borrar que borra las huevadas mal escritas. Las hace desaparecer al tiro, nunca fueron.

Lalo observaba las nubes en el cielo tras los barrotes. Jamás había observado tanto las nubes como durante el tiempo que llevaba ahí. Podía incluso apreciar cambios sutiles en su colorido, en las formas, en el detalle de sus brillos resplandecientes, en sus curvas sombrías. Le generaban nostalgia. No existía nada más libre que una nube.

—Y tú, Lalo. Nunca me has soltado la firme: ¿por qué llegaste aquí?

—Por un accidente.

—Un accidente cómo.

—Ya te contaré —dijo hipnotizado por el rumbo lento de las nubes en la más insondable de las alturas.

—¿Estás pensando en abrirte?, ¿va en serio eso?

Lalo no respondió nada, no movió un solo músculo de la cara.

—Si la cosa va en serio, Lalo, yo también quiero participar. Prefiero morir en el intento de escapar que seguir viviendo en esta mierda.

4

Chumita, el patriarca, permanecía sentado en una silla de plástico, en su esquina de siempre, al costado norte del patio central. Los presos que caminaban alrededor lo hacían a una distancia bastante prudente y se inclinaban con respeto cuando pasaban frente a él. Julio Delgado habló con uno de los gorilas que lo custodiaban. Sólo así pudo acercarse.

—Don Chuma, le traje una caja de naipes españoles. Son originales.

El hombre recibió el obsequio, lo tiró sobre una mesita junto a él y fijó su severa vista en los tímidos ojos de Delgado.

—Quiero despachar a un gil —indicó Delgado—. Se llama Esteban Cruz, es el jefe de un *minimarket*. Todos los días llega a las nueve de la mañana y se va a las ocho de la noche. Los sábados y domingos llega a la misma hora pero labura hasta el mediodía. Tiene un Renault verde. Es un sapo. Por su culpa cayeron los Tolina y Pedro Millavil. Dicen que además le aforra a su mujer.

—Vamos a ver —respondió Chumita.

—Gracias, don Chuma. Que Dios lo guarde.

Lalo Cartagena estaba sentado en el borde de una de las bancas de madera deshecha del patio. El sol dando en todo su cuerpo lo templaba. Justo Guzmán, el Picle, se le acercó.

—Lalo: ¿te anotaste en el taller de manualidades?

—Ni cagando me inscribo en esa mierda.

—Si es para hacer alguna huevada no más.

—No hay nada peor que esos talleres. A quién se le pudo ocurrir una idea tan estúpida.

—Al Gualdo Tapia.

—Con un alcaide como Gualdo Tapia no sé dónde vamos a llegar. Yo me pregunto: ¿por qué no enseñar algo útil?, un curso técnico, reparación de canaletas, manufactura industrial... ¿Cuántos cabros van a salir este año sin saber otra cosa que delinquir? Pero, claro, van a poder hacer un origami.

—Este año el taller no es de origami, es de artes manuales en greda.

—Puta madre —dijo Lalo molesto—. No sigas que me indigno.

Boticheli Hernández caminó hacia ellos. Acababa de cambiar una de sus revistas *Condorito* por cinco cigarrillos. Nada mal.

—Van a hacer un taller —comentó.

—Oye, si ya sabemos ya. Date un pucho —pidió el Picle—. ¿Supieron que el tío del almuerzo se vira?

—¿El tío Daniel? —preguntó Boticheli.

—El mismo. Se jubila.

—¿Y quién llega?

—Algún huevón llegará po. Alguien que nos va a dar la cagada de rancho que le corresponde a cada uno, no más. El tío Daniel nos regalonea terrible de brígido. A mí siempre me tira dos o tres cucharadas más.

—Con la mierda de comida que dan acá —agregó Lalo—, no sé si eso es un regaloneo.

—Yo creo que no te quiere —colaboró Boticheli.

El sonido metálico de una porra golpeando las rejas al avanzar retumbó en todo el patio y produjo gran inquietud. Por uno de los accesos laterales emergió el gendarme Lillo caminando con calma, confiado en su reputación, una reputación traspasada de generación en generación y que probablemente tenía mucho de mentira. Sin embargo, su sola presencia imponía siempre la misma sensación de temor. Los ojos de todos los presos le observaban con cautela y en algunos de ellos hasta podían leerse frases claras: «Perro Lillo de la conchetumadre, si alguna vez salgo de aquí voy a volver y voy a matarte, a ti y a toda tu familia». Cada cierto tiempo el Perro Lillo, como le apodaron, elegía a uno, a cualquiera. Lo conducía a las celdas del subterráneo y luego de apalearlo lo dejaba aislado en la más completa oscuridad durante días. Esta especie de tortura no tenía otro sentido que matar el tiempo libre de los funcionarios a costa de los internos y alimentar la leyenda del Perro Lillo, cuyas conductas efectivamente gozaban de cierta impunidad. Los únicos que podían intervenir eventualmente frente a estos casos, y evitarlos, eran los jefes de cada clan, a quienes, de alguna forma, por el tiempo acumulado tras las rejas, algún derecho se les concedía. Lillo caminó hasta la mitad de la cancha, más o menos. Afirmó ambas manos en su cintura.

—Se acaban de abrir las inscripciones para el taller de manualidades —dijo a voz en cuello—. Espero que de aquí al lunes tengamos varios inscritos.

El patio permaneció en el más completo de los silencios. Sólo se escuchó toser a alguien en medio del gentío.

—Les recomiendo que tomen el taller —continuó el gendarme—. Para que distraigan la cabeza y hagan alguna huevada. Así el tiempo se pasa más rápido.

Uno de los convictos que escuchaba la perorata y que llevaba cerca de doce años preso por el asesinato a hachazos de una familia completa en Melipilla, se rascó la cabeza.

—La lista de inscripción —prosiguió Lillo—, estará pegada en el mural del comedor.

Dicho esto, Lillo se retiró del patio. Las caminatas de los internos se reanudaron y Lalo Cartagena elevó tímidamente su rostro al cielo, para absorber del tibio sol todo el calor que este quisiera ofrecerle.

5

El reloj marcó las 17:10 ese martes. Lalo Cartagena caminaba de un lado a otro del patio bordeando a Guillermo, así le llamaban al enorme muro que los separaba del exterior. El nombre fue acuñado en honor a Guillermo del Ponte, el carterista más antiguo del que se tenía registros. Lo mataron a pedradas. Al igual que ese Guillermo, cada año que pasaba, el muro se llenaba de más agujeros producto de piedras y golpes. Era una tradición de los presos. Fantaseaban con que esos boquetes servirían alguna vez para que alguien los escalara y saliera libre.

Lalo caminó hasta llegar a la esquina, luego dio la vuelta y caminó hacia el lado opuesto. Nadie contó las vueltas pero fueron muchas. El clan de Ganzúa Jiménez, reunido al otro lado de la cancha, lo observaba en silencio.

—Algo le pasa al huevón de Lalo —comentó uno de los presos—. Antes ni se lo veía y ahora se la pasa en el patio solo, dando vueltas.

El Guatón Delgado se apartó del grupo cuando uno de los hombres de Chumita le llamó.

—Tu encargo está listo —le dijo—. Bajaron al Cruz. Cagó. Le metieron seis tunazos.

—Dile al patriarca que le doy las gracias —respondió Delgado—. Y que estoy para lo que necesite.

Lalo continuó dando vueltas por el borde del muro como si estuviera hipnotizado. Yanclot Valdés caminó hacia la esquina opuesta y lo esperó sentado en el suelo. Cuando Lalo llegó hasta su posición, Yanclot estiró una de sus piernas para bloquearle el camino. Lalo Cartagena lo miró extrañado, saliendo de pronto del ensimismamiento en que se hallaba.

—¿Y tú no andabas picado a libertad? —preguntó Yanclot.

—¿Yo? —respondió Lalo con recelo—. No, o sea, todos han pensado en fugarse alguna vez…

—De todos los huevones que he escuchado que han querido abrirse en los quince años que llevo encerrado aquí, tú eres el único al que le creo.

Lalo quedó perplejo al oír esta declaración.

—Es cosa de mirarte —continuó Yanclot—. Antes ni salías. Nunca se te había visto en el patio y hace dos horas que no paras de dar vueltas alrededor de

Guillermo. Estás psicoseado. Lo que te dije el otro día lo repito: yo te puedo ayudar.

A Lalo le pareció que el asunto tomaba características de deber. Una sensación de responsabilidad le subió por la sangre. Si quería escapar no bastaba con pasearse de un lado a otro en el borde del muro. Necesitaba planear realmente una fuga, al menos comenzar a planearla.

Justo Guzmán, el Picle, se acercó cargando algo sobre una servilleta.

—El Guatón se rajó con sopaipas —dijo.

—¿Qué estamos celebrando? —preguntó Lalo.

—Se echaron a un culiado de un supermercado. Chumita movió gente afuera.

—¡Muchachos! —gritó el Guatón Delgado—. Vengan a la carreta.

Todo el clan de Ganzúa Jiménez se hallaba reunido alrededor de una de las bancas del patio. Sobre ella algunos vasos de plástico, una botella de gaseosa frutal y varias sopaipillas reposaban esperando ser consumidas. Otros presos miraban con disgusto. Pasaban cerca, cuchicheaban más allá, esperaban que el día acabara pronto.

Ganzúa Jiménez, el gran jefe, tomó asiento al medio. Inmediatamente le fue servido un vaso con bebida. El grupo se cerró alrededor, como una forma de protección que también tenía por objeto generar una mayor intimidad.

—Cuéntate quién era el huevón ese que despacharon —pidió Ganzúa Jiménez.

—Era el jefe de un *minimarket* —explicó Delgado a los presentes—. Por su culpa cayeron los Tolina,

¿se acuerdan de los hermanos Tolina? Y sapeó a varios más por choreo.

—¿Por choreo en el supermercado? —preguntó el Picle—. ¿Y qué se habrán robado?, ¿un par de paquetes de tallarines?, ¿una salsa de tomate?, ¿un champú?

—Se robaron dos camiones llenos de mercadería, huevón, esos camiones gigantes, con acoplado y todo.

—¿Y dónde chucha iban a poder meter esos camiones?

Froilán Valdebenito, alias Mansopescao, soltó una risotada estruendosa.

—¿Se acuerdan cuando el Picle se robó una patrulla de los pacos? —dijo—. Y el huevón más encima fue donde había un asalto.

—Bueno y qué iba a hacer —respondió el Picle—. Si por radio me decían que tenía que ir.

—¿Cómo fue eso? —preguntó Boticheli Hernández.

—¿No cachay la historia? Si es terrible de conocida. Mira, me mandaron ir a una casa que estaba siendo asaltada en el cuadrante. Así que fui pues, huevón. Cuando llegué había una vieja en bata gritando a mitad de calle. «Los ladrones», gritaba, «están adentro». Entonces yo bajé del auto, entré a la casa y dije: «¡Ya muchachos, llegaron refuerzos!». Puta que choreamos ese día. ¡Nos llevamos la casa completa! Metimos a la patrulla cinco joyeros, un plasma, dos computadores. Los otros cabros andaban en una camioneta. ¡Hasta el piano subimos! Ahí conocí a Pepe el feo y su banda. Después pasamos a tomarnos unos rones para celebrar. Puta que nos reímos…

—Pero te llevaste la patrulla para la casa pues, asopado —dijo Mansopescao—. Por eso te agarraron.

—Es cierto —reconoció el Picle.

—Cómo tan huevón —comentó Boticheli.

—Oye, pero si eso pasa —explicó—. ¿Cuántos giles se llevan el auto robado para la casa y por eso los pillan? Uno se pone terrible de huevón, después de robar.

—Es que la presión es cuática —dijo un personaje de baja estatura y cejas gruesas llamado Cogotero Araya, cuyo ingreso a la cárcel nadie podía determinar con exactitud—. Lo único que uno quiere es llegar luego a la ruca, echar el cuerpo, olvidarse y chao.

—Cuéntate la historia del asalto a los Prieto —pidió Yanclot al Guatón Delgado.

—Esa es buena —condimentó Ganzúa Jiménez mientras le robaba un cigarrillo al Picle.

El Guatón Delgado bebió de su vaso.

—El dato me lo dio un jardinero —dijo—. Los Prieto tenían una tremenda casa en La Reina Alta, en una calle con poco movimiento. Los fines de semana largos salían fuera de Santiago y, como se las daban de *hippies, hippies* con plata, no tenían ninguna protección en las ventanas. ¡No tenían ni cortinas! No ves que estos giles tienen todo un rollo con el sol, con la energía. Así que, bueno, gracias a la energía, uno se acercaba al vidrio y se podía ver todo lo que había adentro. Además, sabíamos que como eran medio *hippies* no tenían ni alarma ni ninguna huevada de esas. Puro olor a incienso, compadre. Le pegamos una sola patada a la puerta y entramos. Sacamos computadores, televisores, unas colecciones de discos. ¡Qué no nos llevamos! En una de las piezas tenían un altar con unas velitas y un gallo típico de la onda de los *hippies*… ¿cómo se llama? Si es conocido. Un guatón que está durmiendo, que tiene un moñito, que es como el dios de los *hippies*…

—Buda —colaboró Lalo Cartagena.

—Esa huevada —dijo Delgado—. Todo eso tenía el altar y al medio unos billullos, junto a un papelito que decía *"abundancia"*. Deben haber sido como quinientas lucas, oye. Nos forramos. Hace tiempo que no salíamos tan felices de un robo. Dejamos cerradito y nos fuimos. Pasaron un par de meses medios lentos hasta que me datearon de que los Prieto habían ido a la playa. Partimos otra vez. De una pura patada entramos. Sacamos dos televisores nuevos, unas sillas y varios cajones con adornos traídos de otros países, India, China, qué sé yo. Además, sobre el altar volvimos a encontrar plata. Era menos que la otra vez, unas doscientas lucas. Dejamos el papelito de *"abundancia"* ahí mismo y hasta nos hicimos un café con los torrantes. Pusimos música, nos comimos unos pancitos, nos pegamos una cagadita y nos fuimos. ¿Habrán pasado unos tres meses cuando volvimos? Hay que decir que esta vez todas las ventanas tenían cortinas, ya no se podía mirar para adentro como antes. La puerta tenía un pestillo adicional. Nos demoramos un poco más en abrirla, medio minuto más. Nos llevamos la mesa del comedor, una mesa súper fina, el plasma, varios muebles y tragos caros. Y cuando fuimos al altar a buscar el sueldo, como ya le decíamos a esos billetitos, no encontramos ni uno. Solamente había un papel que ahora decía *"protección"*. Al final nos terminamos llevando al guatón del moñito.

—Buda —corrigió Lalo.

—Eso, y lo vendimos a tres lucas en el persa. Era la tercera vez que entrábamos a la casa de los Prieto. Para la cuarta ya habían cambiado la puerta. Ahora se trataba de una puerta gruesa, blindada, y la chapa era grande, de acero. Colocaron alarma. Checho se dio cuenta. Así que buscamos el cable, lo cortamos y entramos por la ventana de la cocina. Lo increíble es que siempre tenían cosas para robar estos gallos. Nos llevamos maletas y maletas de ropa, por ahí también encontramos joyas. La quinta vez pillamos todas las ventanas enrejadas y unos letreros: *"¡Cuidado! Perros bravos"*. Tenían dos Rottweiler, grandotes, en el patio. Nos devolvimos. Fuimos a la carnicería de la esquina, compramos tres kilos de carne y en un ratito nos hicimos amigos de los perros. Les pusimos nombre: Cirilo y Canelón. Si nos hubieran cabido en la camioneta los llevábamos también. Pero el sofá hindú, los cuadros y la estatua que había en el patio nos ocuparon todo el *pickup*. Nos llevamos el altar y unas velitas de colores. El mantel lo dejamos. La siguiente vez fue en febrero, durante las vacaciones de verano. Al llegar nos pareció raro que las ventanas ya no tenían barrotes y la chapa no tenía pestillo. Además, Cirilo y Canelón habían desaparecido. Casi ni tuvimos que forzar la ventana de la cocina. Entramos en un dos por tres. Ese día el olor adentro era terrible, como a zoológico, y alguien se dio cuenta que las cortinas estaban todas rotas. Cuando llegamos al *living*, casi nos da un infarto. Encaramado sobre el sillón grande había un león. ¡Un león, compadre! Un tremendo león, peludo, feo el huevón, que al vernos rugió como la huevada más espantosa que he visto. Nos cagamos de susto, apretamos cachete. Soto corrió a la cocina. Yo subí al segundo piso con el Checho y detrás la bestia, que, a puro salto, en dos segundos nos acorraló en el dormitorio. Ese león andaba con el diente largo porque nos miraba como si fuéramos un estofado, conchetumadre. Se saboreaba el hijo de puta. Le tiramos un colchón, lo partió de un solo manotazo. Yo salté por la ventana. Me saqué la chucha. Caí sobre el quitasol. El Checho intentó saltar, pero la bestia le mordió una pantorrilla. Dando gritos y patadas al final pudo librarse. Saltó y cayó sobre la mesa de la terraza. Salimos de chasca. Checho, cojeando y todo, corría más fuerte que yo. El león venía detrás de nosotros. Yo no sé cómo lo hace uno cuando anda con miedo, la cosa es que saltamos el muro en un dos por tres. Me acuerdo que yo tiritaba y pensaba en la película del *Rey león* ¿se acuerdan?, esa de los monos animados. ¡Mira en la huevada que pensaba!

—¿Y los demás? —preguntó Boticheli Hernández pálido.

—Todos nos salvamos pero el Checho perdió la pierna. Y de Soto, Cuña y el resto de los cabros nunca más supe. Les dio tanto julepe que apretaron cueva y nadie los vio más.

—Yo me topé con Soto una vez —dijo Mansopescao acaparando la atención de todo el grupo—. Me lo topé en el paseo Ahumada. Se hizo pastor evangélico.

—Me estas hueviando —prorrumpió Ganzúa Jiménez—. Habrá querido enderezar el camino.

El timbre repicó en el patio. Comenzaron todos a ponerse de pie y a caminar en dirección a sus celdas respectivas antes de que el Perro Lillo llegara a fastidiarlos. Lalo Cartagena se tardó un poco más. Observó detenidamente la altura de Guillermo, el muro central. Miró con calma, repasó con la vista todas sus orillas y vértices. Cuando el Perro Lillo irrumpió en el patio, Lalo ya estaba en su celda.

6

—¿Cómo piensas abrirte, Lalo? ¿escalando a Guillermo? Dicen que del otro lado es el doble de alto. ¿Te quieres sacar la chucha?

Lalo Cartagena no respondió.

—Lo otro sería disfrazarse de gendarme y salir por la puerta como en las películas —continuó Boticheli intentando afeitar su incipiente barba con una navaja desgastada—. O como en esa película que el preso le da forma de pistola a un jabón para asustar a los guardias. Pero cuando cruza el patio se pone a llover y la pistola se convierte en espuma.

Lalo se indignó.

—Qué imbécil —dijo molesto—. El solo hecho de imaginarme a un huevón en la comodidad de su casa inventando un chiste así de idiota a costa de nuestra miseria me parece un insulto.

Boticheli detuvo su risa.

—Tienes razón —dijo. Sus ojos se pusieron acuosos otra vez.

Lalo inspeccionó los barrotes de la ventana. Palpó los fierros y las uniones. Intentó moverlos pero fue imposible. Parecían estar muy bien soldados al muro. Además, huir por la ventana no tenía sentido. Ésta daba al patio central.

—¿Qué harías si salieras libre? —preguntó Boticheli—, ¿terminarías de estudiar?

Lalo había comenzado a estudiar una carrera técnica relacionada con maquinaria industrial. Nunca le apasionó el tema pero era lo que más se acercaba a sus intereses. Prometió que la terminaría a como diera lugar. Puso todos sus esfuerzos en esa dirección. Llevaba un año y dos meses exactos cuando cayó preso. A partir de entonces supo que, aunque saliera libre, jamás la retomaría. Un poco por decepción, un poco por frustración y un poco por derrota. Intentó creer en el camino del estudio, pero ese camino se difuminó tanto como su propia voluntad.

—Caminaría en línea recta sin parar durante días enteros —respondió Lalo Cartagena.

—Yo me compraría un tarro de leche condensada para mí solo —dijo Boticheli—. Eso haría.

—¿Eso harías? —preguntó Lalo intrigado—. Pero eso puedes hacerlo aquí, tienes buena conducta. Pídele a tu hermana que te traiga leche condensada el fin de semana y así cumples tu sueño. Para eso no necesitas estar libre.

—Tienes razón —reflexionó Boticheli, aunque sin encontrar otra respuesta.

—¿No te imaginas recorriendo bosques, cruzando ríos, subiendo cerros, nadando en el mar?

A Boticheli pareció iluminársele el rostro.

—Me gustaría correr por el campo… perderme en un bosque.

—Por ahí te voy creyendo —dijo Lalo algo más satisfecho.

—Sentir el olor de la naturaleza y subirme a los árboles. Me encantaría ser un mono. Saltar de rama en rama tranquilamente, tirarme de piquero a un río, pero también ser útil. Como que me pudieran estudiar. Como que los científicos me llevaran a un laboratorio para estudiarme y que otros aprendan.

A Lalo se le desencajó el rostro.

—Pero, ¿cómo es la huevada? ¿Quieres salir de la cárcel para entrar a una jaula en un laboratorio? ¿Pero tú eres huevón?

—Bueno, no es real, tú mismo lo dijiste. Estamos presos, Lalo. Déjame pasarme películas tranquilo y soñar un poco.

—¡Pero cómo mierda puedes soñar eso! —gritó Lalo irritado.

—¡Qué pasa allá adentro! —reclamó una voz ronca en el pasillo—. ¡Cállense de una vez, por la chucha!

Ambos acataron. Lalo retomó su observación de los barrotes y Boticheli Hernández su afeitado.

—Por qué no mejor haces un túnel —propuso éste.

—Estás loco. Es un trabajo muy largo y siempre terminan por darse cuenta —respondió Lalo Cartagena al tiempo que descubría que en realidad nunca se planteó eso de cavar un túnel.

—Las fugas más famosas han sido por túnel —comentó Boticheli.

Lalo tomó asiento sobre el cajón de madera que servía de silla y meditó la idea. Claro que tenía sentido, la celda 15 quedaba en el piso 1. Significaría bastante trabajo, sin duda, pero era posible, por lo menos era más viable que las demás alternativas. Inspeccionó el suelo con la vista. Golpeó con los nudillos intentando dar con sectores que sonaran hueco.

—¿En qué parte está el subterráneo? —preguntó con un tono de voz casi inaudible.

Boticheli señaló la zona más cercana al muro de la derecha.

Lalo Cartagena revisó el punto en que la cañería del lavamanos se fundía con el suelo. Palpó despacio. Notó que la zona estaba recubierta de yeso y las baldosas lucían algo despegadas. «Malas terminaciones típicas del obrero chileno, benditas sean», dijo Lalo. Escarbó con su dedo. El fondo estaba húmedo, probablemente debido al agua que se filtraba del tubo.

7

Yanclot extendió una hoja de cuaderno sumamente arrugada sobre su colchón. Con la palma de su mano intentó aplastarla cuanto más pudo hasta descubrir un dibujo.

—Aquí está —le dijo a Lalo—. Es un plano del primer piso. Lo dibujó Salinas.

—¿Salinas?

—El hombre sabe de estas cosas, recuerda que asaltaba estudios de arquitectos. Mira, esta es tu celda. Hacia acá está el subterráneo; pero, si sigues las cañerías de agua, cruzas el patio, cruzas a Guillermo y listoco.

—¿Un túnel que cruce todo el patio? —preguntó Lalo—. Pero eso es muy largo, se nos acabaría el aire a la mitad.

—Es la única forma. Hacia el norte te topas con el subterráneo, ya te dije.

—¿Y hacia el poniente?

—Hacia el poniente no tienes espacio, están las otras galerías y las oficinas. La única alternativa es cruzar el patio en diagonal y salir por debajo de Guillermo al oriente.

Lalo Cartagena tomó asiento y masajeó sus sienes. *No es fácil, pero pudo ser peor*, pensó.

Esa tarde, Lalo observó el suelo de la celda 15. Estaba convencido que la faena debía comenzar en el punto en que las cañerías se perdían bajo el piso. Boticheli Hernández dormitaba sobre su colchón. De pronto se sobresaltaba con violencia, despertaba angustiado, preguntaba qué pasó y retomaba el sueño otra vez. Alguien abrió la puerta. Lalo se puso de pie. Yanclot ingresó cargando otra hoja de cuaderno arrugada.

—Malas noticias —dijo.

Lalo Cartagena empalideció. Yanclot cogió un cepillo de dientes abandonado sobre el lavamanos y golpeteó varios puntos en el suelo.

—En esta zona queda el subterráneo.

—Cuéntame cuáles son las malas noticias de una vez, por favor —pidió Lalo.

Yanclot estiró la hoja.

—Salinas dice que las bases de Guillermo son muy profundas, tienen cerca de diez metros de profundidad. Se construyó pensando en prevenir una fuga subterránea. Hacer un forado en esa dirección no es buena idea.

—Entonces qué —preguntó Lalo con cierta inquietud—. ¿Qué me queda entonces?

—Abrir un túnel hacia acá —dijo Yanclot golpeando el muro norte, donde se situaba la entrada a la celda.

—Pero en esa dirección está el subterráneo.

—Ese es el tema. Hay que cruzar el subterráneo por debajo.

Lalo Cartagena sintió que los músculos de las piernas lo abandonaban. Se dejó caer en una de las esquinas y cerró los ojos. La fatiga lo consumió por completo de sólo imaginar la magnitud de la tarea.

8

Durante la primera etapa del túnel se utilizaron numerosas cucharitas blancas de plástico, de esas que se entregaban en el almuerzo, y un clavo de tres pulgadas que alguien facilitó para poder ablandar las piedras. Golpeado con la ayuda de un duro peñasco, aquel clavito hacía las de chuzo en una escala duende. No había más.

Lalo Cartagena cavaba la mayor parte de la jornada, Boticheli Hernández hacía el segundo turno. Yanclot Valdés y el Guatón Delgado se deshacían de los escombros. En esta división se contaba además con el Picle, Mansopescao y eventualmente Tito Vermú. Nadie más podía saber de la operación. En una reunión a puerta cerrada, Yanclot y el Guatón Delgado tomaron la decisión de esconderla hasta de Ganzúa Jiménez por temor a que se apropiara del manejo del plan. Esta situación dejaba a los implicados en jaque: si Ganzúa llegaba a enterarse, rodarían cabezas. Pero era mejor tomar ese riesgo que dejar todo en manos del jefe, cuya legendaria astucia se había perdido con los años y el neoprén recreativo. La inhalación de este aromático pegamento generaba daños irreparables en el cerebro.

—Si Ganzúa se entera, nos freímos todos —advirtió Delgado.

—Por eso mismo no puede enterarse, huevón, por nada del mundo. Ahora, si se llegara a destapar la olla, nosotros no tuvimos nada que ver. Lalo ya lo sabe.

—¿Y cómo vamos a dejar a Lalo tirado, huevón?

—Pero si no va a pasar nada —dijo Yanclot intentando creer él mismo las palabras que estaba pronunciando.

La excavación fue vertiginosa durante las primeras semanas. Lalo Cartagena prácticamente no pegaba un ojo. Cavaba y cavaba como un energúmeno hasta deshacer la cucharita. Tomaba otra y repetía la operación. Los escombros eran retirados en tarros y baldes por Mansopescao. Yanclot había discurrido rellenar con ellos los ductos de ventilación cuya utilidad era francamente nula. Sólo fue necesario retirar la rejilla protectora.

El agujero se iniciaba junto al lavatorio, bajo una baldosa que fue retirada de forma íntegra para volver a cubrir el punto. Lo más difícil fue abrirse espacio a través del concreto. Eso se logró gracias al pequeño clavo de tres pulgadas con el que, como si se tratase de un cincel, fueron esculpiendo el hueco. El ruido que producía esta parte de la tarea era el menos disimulable. Para ello, el Guatón Delgado organizó un campeonato de fútbol que duró dos semanas y que motivó la participación de la mayoría de los reclusos. Con toda la cárcel vitoreando a voz en cuello el desempeño de los jugadores en la cancha, cualquier otro sonido pasó a ser inexistente.

Las primeras semanas fueron las más difíciles, pero el entusiasmo de todos los participantes estaba a tope. Justo Guzmán, el Picle, se encargaba de vigilar las rondas de gendarmería por el pasillo fingiendo que jugaba damas con Tito Vermú, sentados ambos frente a un tablero desteñido. Una tarde, el último enfermó de gripe y no pudo asistir. Otro preso lo reemplazó. La situación dejó en evidencia lo que se temía: el Picle apenas sabía poner las fichas en su sitio. Intentando frenar la escandalosa volatilización monetaria de la que estaba siendo víctima a merced de las apuestas, el Picle finalmente cedió su lugar. Más presos llegaron. En poco tiempo esa esquina se transformó en el punto más concurrido de la cárcel. Se llenó de gente. Se armaron grescas y numerosas unidades de gendarmería llegaron a poner orden cada cinco minutos. Yanclot Valdés se agarraba de los pelos. «En qué momento alguien pensó que era buena idea que el Picle vigilara», repetía furioso. Lalo Cartagena arguyó que la situación podía ser ventajosa. El naciente garito desviaba la atención. La desviaba quizás demasiado cerca de la celda, concretamente a tres metros, pero la desviaba.

En una semana el cuerpo de Lalo Cartagena ya cabía completamente dentro del forado. Por su característica vertical y por la posición que tenía que adoptar para cavar, la lamparita LED con fijación a la cabeza, que el Guatón Delgado consiguió, fue adaptada por Lalo para la rodilla. De esta forma la iluminación era pareja.

Lalo llenaba los baldes con tierra, Boticheli los recibía en la superficie y Mansopescao se ocupaba de vaciarlos.

—Tanto que se habla de libertad en todas partes —comentó Boticheli—. ¿Te has fijado? Todos se llenan la boca hablando y hablando de libertad y no tienen idea. Esto es la libertad, Lalo, este túnel, este balde con tierra...

—Esto no es libertad —dijo Lalo—. Estas son porquerías. La libertad no es esto. Yo no sé realmente lo que es, pero no es un túnel.

—Pero el túnel es el camino a la libertad pues, Lalo, eso es.

—Estás equivocado —terció—. Si logramos salir de aquí, todo Chile va a buscarnos. Viviremos escondidos, aterrados de que alguien nos pille. Eso no es libertad. Es estar preso de una forma distinta a la que estamos presos ahora, pero es estar presos igual.

Boticheli hizo una mueca que reveló un sentimiento de absoluta confusión.

—¿Entonces por qué haces este forado? —preguntó.

—Por desesperación —dijo Lalo—. Por eso y porque uno es terco, es huevón.

—Pero no creo que estés cavando un túnel de huevón, pues Lalo.

—Quiero huir, eso es todo. Tantas vueltas no hay que darle al asunto.

De pronto el Picle ingresó raudo a la celda:

—¡El Perro Lillo, cabros!

Lalo Cartagena saltó afuera en un segundo. Instalaron las baldosas sobre el forado y repasaron el suelo con una sábana inmunda. El balde a medio llenar fue escondido debajo de la cama. El gendarme Lillo venía acompañado de dos subalternos. Observaban detenidamente hacia el interior de cada una de las celdas abiertas. Cuando pasaron frente a la de Lalo y Boticheli, nada llamó realmente la atención. Sin embargo el Picle, afirmado al marco de la puerta, lucía excesivamente nervioso. Lillo lo miró con sospecha.

—¿Qué te pasa, Picle?

Lalo Cartagena tragó saliva. Boticheli estaba de pie, paralizado junto al lavamanos. El Perro Lillo recorrió la celda de punta a cabo con la vista.

Lalo Cartagena permaneció quieto, pero Boticheli comenzó a impacientarse. El Perro Lillo entornó la vista y presionó al Picle contra la pared.

—¿Qué es lo que pasa? —preguntó serio.

Uno de los subalternos ingresó.

—¿Qué tienes ahí? —inquirió señalando la rodilla de Lalo.

Este dirigió la vista a su pierna y una sensación de angustia subió por su columna. La premura no le dio tiempo de advertir que aún llevaba la linterna fijada a la rodilla.

—Una linterna —respondió Lalo intentando mantener la calma.

—¿Por qué tienes una linterna ahí?

—Para iluminar el piso sin tener que agacharme. Es que a Boticheli se le cayó un diente.

Lalo sabía que Boticheli tenía un diente postizo. Casualmente lo había perdido hacía un par de semanas al morder una marraqueta. Boticheli abrió la boca y enseñó el hueco. El Perro Lillo volvió a mirar fijamente al Picle.

—¿Y eso te tiene tan nervioso? —preguntó.

El interpelado comenzó a sudar. Lillo le dio un rodillazo en la boca del estómago. El Picle curvó su torso y un golpe en mitad de la nuca lo hizo caer al suelo para entonces recibir una tunda de lumazos. Intentó reptar hacia el pasillo. Unas cuantas patadas más detuvieron su avance. Se quedó ahí, retorciéndose de dolor, aunque intentando no emitir un solo gemido. Los demás reclusos escudriñaban en silencio, disimuladamente asomados desde sus celdas.

—Llevémonos a este huevón, para que se tranquilice —ordenó Lillo a sus hombres.

Ambos subalternos cogieron al Picle de las ropas y lo sacaron al pasillo como si se tratara de un estropajo. Lalo y Boticheli cruzaron miradas. Una mezcla de preocupación e incertidumbre reflejaron simultáneamente sus pupilas. Qué más podían hacer.

9

A las once de la mañana, el gendarme Quiroga, Francisco Quiroga, salió al patio central cargando una hojita de papel roneo. Todos los presos que a esa hora protagonizaban una riña en alguna esquina o caminaban en círculo intentando acabar con un tedio inacabable, le obsequiaron su atención.

—A ver, escuchen aquí —dijo Quiroga—. Hoy comienza el taller de manualidades. Según esta hoja, los inscritos son veinte ya que no creo que los señores *"Chúpenme la callampa"*, *"Métanse sus talleres por la raja"* y *"Perro Lillo te voy a romper el orto"* vayan realmente a asistir. Para el resto de los inscritos, el punto de encuentro será en la puerta 1 a las tres de la tarde.

Lalo Cartagena tomaba sol recostado sobre un par de cajones. Estaba agotado. La noche anterior había trabajado hasta las siete de la mañana en el túnel y con suerte pudo pegar los párpados una hora. La ansiedad no lo dejaba dormir. Obsesionado con la tarea de cavar, la respiración se le interrumpía, el cuerpo comenzaba a temblarle y el corazón le latía tan fuerte que hasta sentía el remezón del camarote con cada palpitar. Temía despertar a Boticheli. Temía que lo viera en un estado que más parecía el de un desequilibrado mental intentando que el paso de los minutos le calmara.

—¡Picle! —llamó Lalo.

Justo Guzmán venía con el rostro amoratado y caminaba cojeando.

—¿Te patearon mucho?

—Me hicieron re cagar —respondió el Picle con voz débil—. Me aforraron terrible de cuático. No quiero más guerra.

—Y la cara te la dejaron para la historia.

—Eso sí los culiados van a tener que comprarse zapatos nuevos.

Boticheli Hernández y el Guatón Delgado se acercaron.

—Quedaste para la escoba, Picle —comentó Delgado con un dejo de impotencia—. Esta huevada no puede seguir pasando. Alguien tiene que hacer algo.

—Na que hacer —dijo el Picle—. Me enrollé entero cuando entraron, ese fue el drama. Pero los distraje.

Un chino con cara de pocos amigos se acercó a comprarle un cigarrillo a Boticheli. Lo encendió, le dio una bocanada y luego se alejó solitariamente.

—Ese huevón sí que es raro, ¿ah? —señaló Delgado—. El Chino Narita.

—Siempre se le ve caminando solo —dijo Boticheli— ¿Alguien sabe por qué encanó?

—Marzo del '91 —dijo una voz más atrás.

Todos giraron sus cabezas. Ganzúa Jiménez se acercó al grupo fumando y arrojando el humo sobre los rostros de quienes estaban allí. Varios tosieron.

—Según cuentan, Willy Rebolledo era el huevón más buscado de la zona norte de Santiago. El Negro Willy. Se piteó a cuatro giles en el robo de un auto. Dos pacos lo pillaron cargando diez kilos de coca en un control. Los mató a los dos. El Negro Willy tenía a la policía con las bolas hinchadas. Sólo un detective porfiado, muy porfiado y muy puntudo, no descansó hasta dar con él. Pero cuando rodearon su escondite, el Negro Willy no estaba. En su lugar estaba Narita, el Chino Narita.

—¿Y qué monos pintaba el Chino Narita ahí? —preguntó el Guatón Delgado.

—El Chino Narita era el Negro Willy —respondió Ganzúa.

—¿Cómo es eso?

—Cuando el Negro Willy cachó que no tenía escapatoria se operó, se hizo la cirugía plástica. Se transformó en chino.

—Pero, a ver, ¿el Negro Willy era negro realmente? —preguntó Boticheli—. O sólo le decían Negro.

—Era negro. Negro, negro. Eso dicen.

—¿Y cómo se transforma un negro en chino?

—No sé, pero parece que la huevada funcionó —comentó Ganzúa Jiménez—. Pasaron otros buenos años antes de que lograran descubrir que se trataba del mismo gallo. El Chino Narita es el Negro Willy. Habría que mirarle la pichula en las duchas para comprobar.

Boticheli Hernández arrugó el rostro.

—Oigan: ¿Alguien se inscribió en el taller de este año? —preguntó Delgado, intentando cambiar de tema a uno más agradable.

—Yo —confesó el Picle.

—Yo también —dijo Boticheli.

Lalo pareció confundido.

—¿Te inscribiste? —preguntó.

—Algo hay que hacer ¿o no?

Lalo tomó del brazo a Boticheli y lo apartó del resto.

—¿Pero no que me estás ayudando con el túnel, huevón?

—Sí Lalo, pero piensa que es un rato no más. Esto me sacará de la rutina, podré rendir mucho mejor en el trabajo. Mansopescao va a reemplazarme las horas que yo esté en el taller.

—Pero es que Mansopescao… La verdad es que tengo más cercanía contigo que con Mansopescao, tú sabes que para mí eso es importante.

—Son sólo dos horas, Lalo, no le pongas color.

10

Froilán Valdebenito, Mansopescao, aterrizó en la cárcel un 10 de septiembre de un año entre el 97 y el 2000. No cayó solo, Tito Vermú estuvo junto a él en todo momento. Habían robado una joyería en un barrio acomodado de Santiago. A Tito Vermú le llamaban así por su conocida afición a cometer asaltos después de almuerzo. Mansopescao, quien sí, efectivamente poseía una gran estatura, era un tipo extremadamente generoso y de una calidad humana fuera de toda regla. Más fiel que un perro, comentó alguna vez Yanclot, y es que cuando se llegaba a conocer a Mansopescao a fondo nadie podía entender cómo llegó a transformarse en delincuente. Durante el asalto a la joyería, Tito Vermú puso a todos los trabajadores de guata en el suelo mientras les apuntaba con una metralleta de fabricación belga. Mansopescao se encargó de meter todas las joyas en un enorme saco de fibra de *nylon*, como esos que las señoras utilizan para ir a la feria. De hecho, antes de poner adentro el primer anillo de oro, tuvo que retirar una hoja de lechuga trasnochada que quedó enredada ahí en la última compra. Esa lechuga luego entregaría información capital sobre sus huellas dactilares. Nadie sabe cómo fue que se activó la alarma silenciosa. El caso es que en pocos minutos se vieron rodeados de policías. Tito Vermú, impulsivo como era, se puso nervioso y comenzó a dar de ráfagas hacia la calle como un desquiciado. En ese momento sellaba su destino.

Lalo Cartagena golpeó algo duro con su cucharita de plástico. Miró hacia arriba y gritó:

—¡El clavo, Mansopescao! Hay una piedra dura aquí.

Mansopescao bajó el clavito atado a un cordel. El forado ya tenía varios metros de profundidad. Se había implementado una escalera rústica consistente en varios tubitos de PVC atados a dos cuerdas. La subida del túnel demoraba veinte segundos. Sin embargo, en caso de emergencia, la persona en la superficie cubría el forado y el cavador esperaba en la oscuridad hasta que el peligro pasara.

Lalo fijó el clavo como un cincel en la roca y golpeó su cabeza con un pedazo de concreto. Golpeó una y otra vez. La piedra no aflojó. Iluminó de nuevo. Trató de hallar un punto específico donde incrustar el clavo. Golpeó fuerte y un trozo se desprendió para caer sobre sus zapatos. Era un guijarro oscuro, alargado, de unas cinco pulgadas. Parecía esculpido. Otra piedra se soltó de pronto, una piedra más grande que al golpear el suelo se abrió como un molde para descubrir otra similar en su interior. Parecían ser dos partes de una misma piedra. Lalo emergió del túnel mirándolas con asombro.

Boticheli acababa de regresar. Mansopescao cogió el último balde lleno de tierra y se marchó.

—¿Qué hicieron hoy en el taller? —preguntó Lalo sin la mínima intención de recibir una respuesta.

—Hicimos unas tacitas.

Lalo subió la vista y miró a Boticheli. Pareció que escuchaba pero, sumido como estaba en sus propias cavilaciones, no puso mayor atención en los comentarios de su amigo. Tanto mejor.

—Mira esto que encontré en el túnel —dijo enseñando el descubrimiento.

Boticheli observó ambas piedras con calma.

—Una de dos —dijo—, o son minerales de origen volcánico o piedras preciosas en bruto.

—¿De origen volcánico? —preguntó Lalo—. Si te refieres a una piedra pome estás equivocado. Esas piedras no tienen nada que ver con estas.

—Entonces son piedras preciosas en bruto —dijo Boticheli con absoluta certeza.

Lalo observó su rostro durante algunos segundos.

—Y por qué mierda te pregunto a ti —reclamó.

Dejó ambas piedras sobre una mesita a los pies del camarote y lavó su cara con la poca agua que salía a través de la llave. Boticheli cogió una de sus revistas *Condorito*.

—Estoy agotado —dijo Lalo—. Voy a tenderme unos minutos para luego retomar.

Subió a su cama y de desplomó sobre ella como un saco de arena.

—¿Cuántos metros llevamos? —preguntó Boticheli.

Enseguida escuchó un ronquido. Prefirió hojear su revista. A ver si algo en ella le producía aunque fuera una sonrisa miserable.

11

El día domingo las puertas de la cárcel se abrían para dar paso a los familiares y amigos de los presos con mejor comportamiento. La gente hacía filas desde temprano en la calle frente al acceso principal. A las once de la mañana todos pasaban al sector de revisión. Allí los guardias se aseguraban de que nadie ingresara objetos prohibidos. En el patio uno, o patio de entrada, los visitantes se reunían con aquellos parientes cuyos nombres no necesariamente eran sinónimo de ejemplo en sus sobremesas de día festivo, pero a quienes mucho cariño se les guardaba. Les llevaban regalos, comida, ropa y el último cuchicheo de turno: que la Rosita volvió con el huevón que le pegaba, que Jaime andaba metido en negocios con la banda de los no sé qué, que la Sarita iba a ser mamá, que el Jonathan estaba pastero.

El día domingo era un día esperado por muchos al interior de la cárcel pero también era un día de tristeza, sobre todo para aquellos cuyas familias habían optado por no visitarlos más.

Los domingos se veía de todo: el sanguinario Luis, uno de los presos más temidos y violentos al interior del penal, se vestía con un traje impecable que guardaba exclusivamente para la ocasión. Se peinaba a la cachetada. Introducía un pañuelito desechable con las puntas enroscadas en el bolsillo de la chaqueta y caminaba al patio con parsimonia. Una vez reunido con su familia, abrazaba y besaba a todo el mundo, soportaba los regaños de su mujer y jugueteaba con sus pequeños nietos en una escena que rozaba lo chocante.

Boticheli se peinó frente al espejo. Su hermana Mary era su única familia. Mary no dejaba pasar un domingo sin visitarlo y llevarle lo que pedía. Su padre, viudo, había muerto hacía ya varios años sumergido en el alcohol, literalmente. Trabajaba en una fábrica de destilados y un día cayó por accidente al enorme contenedor de pisco. No sabía nadar. Los empleados se percataron el día después.

—Vamos Lalo —dijo Boticheli.

—Anda tú, yo me quedo.

—Vamos, huevón, no seas depre.

Al contrario de Boticheli Hernández, Lalo no tenía a nadie. Alguna vez sí tuvo a alguien, a Úrsula, su novia. Ella lo visitó frecuentemente el primer año, prometiéndole en cada uno de los encuentros que iba a esperarlo hasta que saliera y esas cosas que la pasión del momento irresponsablemente hacen decir. Por lo menos tuvo el decoro de ir el último día a mandarlo a la cresta personalmente, increpándolo por poca cosa, por delincuente, por "no ser un hombre de bien", por no representar la figura del marido ejemplar que toda mujer busca y porque iba a pasar mucho tiempo tras las rejas. En la ocasión Lalo Cartagena estuvo de acuerdo con todos los puntos y preguntó que en qué momento le había parecido lo contrario. Ella se echó a llorar. Nunca más regresó.

—Vamos Lalo —insistió Boticheli—. La Mary te tiene que haber traído lo que le pediste, el café colombiano…

Lalo dio un par de vueltas sobre su colchón. Tomó aire y haciendo un gran esfuerzo se dispuso a ir. Mal que mal, Boticheli y su hermana eran lo más cercano al concepto de familia que Lalo podía aspirar.

—Hola Botito —saludó Mary—. Lalo, ¿cómo estás?

—Hola Mary.

—Mary —interrumpió Boticheli—, necesito que me traigas una leche condensada. Lo único que quiero es un tarro de leche condensada para cucheármelo yo solo.

—Ya, Botito, pero… ¿te has portado bien? ¿Cómo se ha portado, Lalo?

—Este huevón siempre se porta bien.

—Tengo buena conducta, Mary, me queda poco ya. Pero necesito un tarro de leche condensada —dijo Boticheli preocupado.

—Mira Lalo, te traje el café que me pediste —comentó Mary.

—Gracias. ¿Cuánto te debo?

—Nada Lalo, cómo se te ocurre.

—Es un buen café —insistió Lalo—, no debe haber sido barato.

—Caro tampoco era —respondió Mary—. Lo compré en una distribuidora a la salida de Santiago. No es fácil encontrar un café que sea realmente colombiano.

—Con mayor razón. Diste mil vueltas para hallarlo… ¿cómo no voy a pagarte?

—No te preocupes —respondió—. Si tengo la posibilidad y el tiempo para buscarlo, no es una molestia para mí.

—Mary, anota la leche condensada —pidió Boticheli—, mira que después se te olvida y ya me hice ilusiones.

—Ya, Botito, ya, pero dime una cosa: ¿cómo quieres comerte un tarro de leche condensada tú solo? Te vas a enfermar del estómago como el tío Efraín. El tío Efraín —comentó mirando a Lalo—, casi se nos va para el otro lado después de comerse un paquete entero de manjar en una tarde.

—Pero eso era manjar, Mary —reclamó Boticheli—. Te estoy pidiendo una leche condensada, ¿qué parte no entendiste?

—El manjar es leche condensada pasada por el horno, Botito. Lalo, explícale tú por favor, que a mí no me hace caso.

—No me importa —dijo Boticheli—. Sea manjar o sea lo que sea, un tarro de leche condensada es lo único que quiero, Mary. Es mi único escape ante las atrocidades de este lugar.

Mary movió la cabeza hacia los lados, suspiró y miró al cielo.

—Gracias por el café —repitió Lalo.

12

Casi todos los tarros metálicos de conservas y alimentos una vez desocupados eran reutilizados como tazones, excepto el de una marca específica de salsa de tomate que se oxidaba casi al minuto de abrirse. A los demás se les raspaba un poco el borde para evitar cortes, se les secaba cuidadosamente y ya no tenían nada que envidiarle a un tazón hecho y derecho. Salvo la oreja.

—¡Puta el café pulento! —comentó el Picle tomando el aroma a su tarrito y olvidando, aunque fuera por un rato, el pesado olor a humedad, plástico quemado y encierro que tenían todas las celdas del penal. Las que olían bien.

—La Mary me lo trajo —explicó Lalo, por decir algo—. Lo encontró en una distribuidora. Parece que no es fácil dar con este café.

—Yo me acuerdo que era terrible de fácil comprar café, hermano —respondió el Picle—. En el pasillo donde colocan las agüitas de menta, ahí estaba el café.

—No, Picle. Este café es colombiano. No lo venden en todas partes, sólo en una distribuidora.

—Qué distribuidora, a ver po, ¡qué distribuidora! En el pasillo de las agüitas, culiado, ahí está el café. ¿No te estoy diciéndote que yo compraba?

—Picle, escucha lo que estoy tratando de decir antes de alegar: este café es un café especial. No lo venden en los supermercados.

—Ah, ya —respondió el Picle chasqueando los dedos—. Entonces yo te estoy puro vendiendo la pescá, me estay tratando de mentiroso…

—Picle…

—No, déjame hasta ahí no más, huevón.

Lalo miró al Picle con una expresión que revelaba lo desesperante que el diálogo le estaba pareciendo. Yanclot Valdés cruzó la puerta.

—Tenemos café —ofreció Lalo Cartagena como quien escapa por entre las piernas de un ogro—. Es café colombiano.

—Dame.

Lalo acercó un tarrito, el más limpio. Cogió el envase de café y con la piedra que tenía sobre la mesa hizo palanca para abrir la tapa.

—¿Y eso? —preguntó Yanclot.

—¿Esto? —preguntó Lalo de vuelta, mostrando la piedra—. Es una piedra, la encontramos en el túnel, es bonita. Son dos. Esta la usamos para abrir los tarros. La otra como tope de puerta.

Yanclot la balanceó entre sus dedos y la observó cuidadosamente. Se agachó. Cogió la que estaba bajo la puerta. La miró también.

—Boticheli dice que es una piedra volcánica —continuó Lalo.

—¿Volcánica? —dijo Yanclot—. A mí me parece que es como un hueso. Mira, si parece un dedo.

Lalo y el Picle observaron con atención.

—Si es un hueso, es un hueso del año de la callampa. Quién sabe hace cuánto tiempo que estará enterrado aquí.

Esa misma tarde, alimentado por la curiosidad, Lalo acudió a la biblioteca, un salón gigantesco ubicado en uno de los pasillos del ala sur. Repleta de repisas y libros, la biblioteca de la cárcel había sido implementada gracias a un programa estatal sumamente publicitado. En sus anaqueles podían encontrarse libros clásicos y literatura contemporánea en ediciones de lujo, hasta rarezas como una versión del Quijote en jerga coa. La pulcritud de sus paredes, alfombra y sillones se debía, entre otras cosas, a que nadie entraba. Ningún preso cruzaba la puerta de esa biblioteca ni por obra del equívoco. La única vez que hubo gente en su interior fue para su inauguración. Asistió hasta el presidente de la República. La más completa y moderna biblioteca carcelaria de Latinoamérica. Todos los medios cubrieron el evento. Esa fue la última vez que alguien puso un pie dentro. Alguien que no fuera Olmedo, el profesor de castellano del liceo de la cárcel (una salita ubicada al exterior del recinto penal, creada para educar a aquellos hijos de presos que no habían asistido nunca al colegio). De vez en cuando, Olmedo ingresaba a la biblioteca en busca de algún título para leer. Esa tarde, el profesor ya se disponía a apagar la luz cuando Lalo Cartagena entró.

—El baño está al final del pasillo —indicó Olmedo.

—Vengo a la biblioteca, profesor —respondió Lalo.

—¿A la biblioteca? —preguntó Olmedo extrañadísimo.

—Sí, y ya que está aquí, voy a pedirle que me ayude. Ando buscando un libro sobre fósiles.

Olmedo lo miró detenidamente sin poder convencerse aún de lo que estaba oyendo:

—¿Te diste fuerte en la cabeza?

Lalo se acercó a la repisa principal.

—Ya pues, profesor, ¿me va ayudar o no?

Olmedo dejó los tres libros que había tomado prestados sobre una de las mesas de lectura y se dirigió a la sección Historia Natural y Antropología.

—Fósiles… ¿qué tipo de fósiles? —preguntó.

Lalo hurgó en su bolsillo.

—Algo como esto —dijo mostrando la piedra más larga.

Olmedo la levantó y la puso frente a sus ojos.

—¿Y de dónde sacas que esto es un fósil, oye?

—Es lo que dijo Yanclot.

—¿Valdés? —preguntó Olmedo—. ¿Eso fue lo que dijo Valdés…?

Y estalló en una sonora carcajada que finalizó con una tos violenta nada de divertida. Lalo Cartagena golpeteó su espalda.

—¿Está bien, profesor…? ¿profesor?

El hombre se recuperó y afirmó sus anteojos.

—A ver —dijo—. Veamos… mira: aquí hay un libro ilustrado sobre los primeros hombres. Revísalo. Toma, revisa también este y este.

Lalo cargó los libros hasta el sillón. Encendió la lamparita de lectura y tomó asiento. Era bastante cómodo el lugar.

—Quédate el tiempo que necesites —dijo Olmedo—. El único problema de esta biblioteca es la calefacción. El sistema presenta fallas y de ahí a que se decidan arreglarlo pasarán siglos. Usa mi manta por si te da frío. Vendré más tarde a ver cómo te fue.

—Gracias profe —respondió Lalo al tiempo que hojeaba el primer libro.

Por más que intentó comparar la piedra con algún otro fósil de ser humano, nada logró. Parecía ser una falange, por forma. Pero por tamaño, la mano debía haber sido inmensa. Justamente por esta razón uno de los capítulos del libro atrajo su curiosidad más que el resto: *Australopithecus, del mono al primer hombre*. Las estructuras óseas vistas en esas páginas diferían tanto de las del ser humano actual, que Lalo vio en ellas la posibilidad de explicar las dimensiones del fósil que traía. Sin embargo, la datación era muy antigua y aquello vino a sugerirle que sería difícil encontrar los huesos tan cerca de la superficie como él los había encontrado.

—O capaz que —señaló el Picle cuando Lalo volvió a la celda—, otros giles los hayan desenterrado antes y también los hayan usado pa' trancar la puerta. Capaz que esos huesos hayan trancado puertas de pirámides, de castillos, de rucas… ¡Chaaa!, si esos huesos fueran míos yo estaría terrible de orgulloso.

Lalo Cartagena se recostó sobre su camastro en silencio. No dejó de darle vueltas a las imágenes que descubrió en los libros de la biblioteca. Esa noche se olvidó de cavar.

13

Boticheli Hernández tomó asiento junto al Picle en el taller de manualidades. Mientras esperaban que llegara el profesor para dar inicio a la clase, el Picle comentó:

—¿Cachaste que parece que la famosa piedrita es un hueso?

—¿Cuál de las dos? —respondió Boticheli.

—Las dos.

—¿Las dos?

—Sí, las dos.

—Dijiste piedrita.

—Ya, pero las dos.

—Yo pensé que eran piedras volcánicas.

—Te equivocaste pos, huevón.

El profesor del taller cruzó la puerta cargando un par de carpetas y una caja repleta de paquetitos con greda fresca. Dejó todo sobre el escritorio, saludó a los quince reos presentes ese día y repartió un paquete de greda a cada uno.

—Hoy será tema libre, muchachos. Cada uno modelará con sus manos la figura que desee modelar: un vaso, un plato, un jarrito, una pequeña escultura... lo que ustedes quieran.

Los alumnos pusieron manos a la obra. Boticheli prosiguió la conversación en voz baja:

—¿Y de dónde sacó Lalo que eran huesos?

—Leyendo un libro —respondió el Picle.

—¿Leyendo un libro...? ¿Y desde cuándo que Lalo lee libros?

—Siempre ha leído libros.

—Bueno, de todas formas un libro no dice nada.

—Pero algo te dice.

—Dice muy poco.

—Volcánico no es.

—Aún no está dicha la última palabra.

—No —dijo el Picle—. Pero es la idea que va ganando. Lo otro ya sería la opinión de un máster, ¿y dónde vamos a sacar a un huevón que cache de huesos? Hay que quedarse con lo que hay.

Boticheli manoseó su porción de greda sin dejar de pensar en las palabras del Picle. ¿Cómo podrían dar con un experto en el tema? ¿Conocería su hermana alguien que pudiera ayudarlos? Entonces se iluminó.

—Tu cuñado pues, Picle, ¿tu cuñado no es profesor de Historia?

El Picle también pareció encenderse de la emoción.

—¡Verdad! ¡el Marcelo! Puta que soy vivo. Lo malo es que el Marcelo nunca viene. Habría que ingeniárselas para mandarle las piedras, para que las vea.

En ese momento ingresó al taller Gualdo Tapia, el alcaide. Lo seguía un personaje flaco que fungía como su ayudante y al que no se le conocía más que como Bermúdez. Todos detuvieron sus labores, hubo silencio.

—Sigan trabajando, no más —dijo con su característica voz gastada—. Vengo a hacer una visita de cortesía.

Los presos volvieron a sus manualidades.

—¿Cómo se han portado estos muchachos, profesor? —preguntó Gualdo Tapia.

—Excelente, alcaide. Hay que decir que sus presos tienen mucho talento.

—Qué bueno oye, puta que me alegro. Este taller fue idea mía pues, negro. Te contaré que el año pasado hicimos uno de origami que a nadie le gustó… ¿o no, Bermúdez?

—Cierto, alcaide.

—Fue un rotundo fracaso. Harta pena me dio echar al profe, un cabro joven, tenía un posgrado de origami en Bélgica, pero qué le íbamos a hacer. El origami no calienta a nadie. La greda es cosa distinta. ¿Y en qué están ahora, mi viejo?

—Hoy es tema libre —respondió el profesor.

—Ah, mira qué lindo —dijo el alcaide comenzando a pasearse por entre los puestos con las manos atrás—. A ver, ¿qué es lo tuyo? —preguntó a uno de los presos.

—Yo estoy modelando una lima, alcaide. Pero me falta el mango.

—¿Una lima...? ¿y tú? —le dijo al preso de atrás.

—Lo mío es una ganzúa, alcaide.

Gualdo Tapia rascó su cabeza.

—Puta madre —soltó con decepción.

De vuelta en la celda 15, Boticheli Hernández y el Picle sólo vieron a Mansopescao sentado sobre un balde sin nada en su interior.

—¿Y Lalo? —preguntó Boticheli.

—En la biblioteca —respondió Mansopescao con desgano—. Quedamos de juntarnos aquí a las seis. Todavía no llega.

Boticheli miró al Picle como buscando alguna respuesta en su rostro, pero el Picle solamente bostezó.

—Está obsesionado con sus huevadas de piedras —se quejó Mansopescao.

—Así es Lalo —comentó Boticheli—. ¿Tomemos un cafecito mientras?

No había terminado de decir esto cuando Lalo cruzó la puerta de la celda. Traía la vista perdida, parecía ensimismado.

—Lalo —llamó Boticheli—. El Picle tiene una idea, aunque en realidad se me ocurrió a mí.

Lalo Cartagena pareció despertar de un trance.

—¿Qué cosa? —preguntó.

—El cuñado del Picle es profesor de Historia. Si le hacemos llegar las piedras, él puede explicarnos de qué se trata.

—¿Y cómo hacemos eso?

—Es lo que hay que ver.

Mansopescao se puso de pie algo molesto:

—Vine a puro perder el tiempo aquí —argumentó mientras salía.

—¿Y si se las mandamos con Galvarino? —propuso el Picle.

Galvarino era el sobrino regalón del Picle. Un espinillento larguirucho, algo torpe pero buena persona. Siempre visitaba a su tío. No había domingo que fallara.

—Pero Galvarino es un pelotudo —recordó Boticheli.

—Si yo se lo pido lo hace —respondió el Picle—. Le decimos que se las lleve y que el otro domingo nos diga qué onda, ¿les tinca?

14

A las once de la mañana del domingo, los familiares comenzaron a hacer ingreso al patio de visitas. En una de las bancas, Boticheli Hernández, Lalo Cartagena y Justo Guzmán, el Picle, aguardaban la llegada de Galvarino. Los tres lucían absolutamente serios, callados. Intentaban no levantar ningún tipo de sospecha pero al verlos era imposible ignorar que algo se traían entre manos. Galvarino ingresó caminando con torpeza, despejando con una mano los negros mechones de pelo que caían sobre sus ojos.

—Hola tío…

—Siéntate huevón, que tenemos que hablarte.

Galvarino tomó asiento sobre un cajón de madera y se dispuso a oír con sumo interés.

—Estamos en medio de una importante investigación —dijo Lalo—, y necesitamos tu ayuda para continuar.

—Hay que llevar un encargo para afuera —agregó el Picle—, ¿entiendes?

—Sí, tío —dijo el muchacho, moviendo la cabeza de arriba abajo con nerviosismo—. ¿Qué hay que hacer?

—Tienes que llevarle este paquetito a Marcelo —respondió el Picle sacando de debajo de su camisa un bulto alargado de unos quince centímetros recubierto con filme plástico. En su interior habían empacado, con papel periódico, ambas piedras y una nota que explicaba la petición—. Llévaselo para que le pegue una miradita y nos diga qué chucha es. Él sabe de estas cosas.

—Ya —dijo Galvarino metiéndolo en el bolsillo de su polerón.

—No pues —reclamó el Picle—. Cuando te revisen a la salida te lo van a quitar, van a pensar que es droga.

—¿Lo meto dentro del calcetín? —preguntó.

—No pues, ahí también te lo van a pillar po amermelado. Y aquí viene la parte menos agradable del cuento.

—Boticheli va a acompañarte al baño —dijo Lalo—, ya que tendrás que introducírtelo por el ano.

Galvarino abrió unos ojos descomunales.

—Todo sea por una buena causa, Galvarino —dijo el Picle—. Y no te preocupes que tenemos harta vaselina.

Lalo Cartagena contrajo su rostro en una mueca entre desagrado y dolor.

—¿Cuál es el siguiente paso? —preguntó Galvarino con desdicha.

—Ir al baño, embetunar esto con vaselina y bueno… Boticheli te va a ayudar.

Boticheli Hernández miró a Lalo con una expresión que acusaba su escaso convencimiento en la tarea.

—¿Y por qué yo? —preguntó.

—Tú te conseguiste la vaselina —respondió Lalo empujándolo para que se pusiera de pie.

Quince minutos más tarde, Boticheli regresó del baño junto a un Galvarino empapado de sudor.

—Ya huevón —advirtió el Picle—. No me defraudes. Llévaselo al Marcelo y el próximo domingo nos traes noticias, ¿entendiste?

—Sí —respondió Galvarino escuetamente.

Se despidió de todos y salió caminando como si fuera un robot al que no han lubricado sus engranajes en mucho tiempo. En la revisión de salida ningún gendarme notó algo raro. Lalo Cartagena pudo respirar con tranquilidad.

—Vamos a tomar café —invitó.

15

El lunes se reanudaron las tareas de excavación. Lalo cavaba, Boticheli recibía la tierra arriba y el Picle cargaba los baldes hacia la celda de Yanclot. Mansopescao estaba de guardia.

—¿Y cómo lo hicieron? —preguntó Yanclot.

—Gracias a mi sobrino —respondió el Picle orgulloso.

—Agalludo el huevón. Lo importante es que tu cuñado diga qué mierda son esas dos piedras para que Lalo siga cavando como antes, porque así como vamos…

Lalo Cartagena regresó a la biblioteca durante la tarde. El profe Olmedo le facilitó un volumen sobre las antiguas civilizaciones de América. Lalo se preguntaba si era posible que seres humanos anteriores hubieran sido tan grandes, como para que sus falanges fueran casi el doble de las de una mano actual.

—No lo creo —respondió Olmedo—, pero existen teorías respecto a que antes de que Colón llegara a América aquí habían vikingos, y los vikingos eran enormes.

Boticheli Hernández apareció en la puerta. Se acercó con sigilo, como si fuera el paso a otra dimensión. Olmedo levantó la vista.

—Adelante —dijo—. No tengas miedo.

Boticheli ingresó a la biblioteca mirando todo a su alrededor con ojos maravillados. Realmente le pareció que cruzaba hacia otro universo. El lugar era un oasis, todo perfectamente dispuesto, una decoración cálida. El aroma fresco de las hojas de papel inundaba el ambiente que más bien parecía un bosque de infinitos lomos multicolores.

—Siéntate con nosotros —invitó el profesor.

Pero Boticheli daba vueltas observándolo todo como un niño. Las palabras de Olmedo sonaron en su cabeza con una profunda reverberación, como si fuera un ángel que le hablaba por entremedio de las nubes.

—¿Te interesa leer algo en especial?

Boticheli se quedó en blanco, pero algo alojado en lo más hondo del subconsciente le hizo decir:

—Botánica.

—¿Botánica? —repitió Lalo intrigado.

—Ven por aquí —llamó Olmedo—. En esta sección encontrarás libros sobre el tema.

Boticheli caminó hacia la estantería con la vista extraviada. Lalo observó el proceso. Movió la cabeza hacia los lados, dijo algo así como «ayayay» y volvió a sumergirse entre sus libros.

De vuelta en la celda, el Picle y Yanclot esperaban bebiendo un café tibio.

—Muchachos —dijo Lalo al llegar—, posiblemente se trate de huesos fósiles de la cultura Tiwanaku.

—Los tiwanaku son de Bolivia —interpeló Yanclot—, y nunca llegaron a esta zona. Si me dices los incas, ahí te creo. Los incas llegaron hasta el Maule, también los picunches. Pero nada te explica el tamaño de esos huesos. Ningún indio de estos medía tres metros.

Lalo Cartagena y el Picle escucharon atentos la explicación de Yanclot.

—¿Cómo sabes todo eso? —preguntó Lalo.

Yanclot Valdés sonrió.

—Yo estoy preso aquí por malo —dijo—, no por inculto.

Y bebió de su café.

16

Al interior del túnel la humedad tenía un frescor distinto. El aroma de la tierra indemne era tan agradable que propiciaba la tarea de cavar y en cierta medida la hacía más llevadera. Boticheli bajó una botella con agua atada a un cordel. Lalo bebió y vertió un poco a sus pies, para ablandar el terreno.

—Son las diez y media —avisó Boticheli.

Era domingo. En media hora más llegaría Galvarino, el sobrino del Picle, con la información esperada.

—Subo al tiro —respondió Lalo al tiempo que un golpecito de su clavo descubría algo más grande.

Hizo palanca contra la pared de tierra y una pieza del tamaño de un antebrazo pareció asomarse.

Lalo iluminó con su linternita LED. Se quedó un buen rato en el lugar, recorriendo con la vista el nuevo fragmento.

Galvarino ingresó al patio caminando lento. Aunque intentaba mover los brazos con naturalidad, su flexibilidad corporal era la de una momia. Lalo Cartagena, Boticheli, el Picle y Yanclot lo esperaban frente a un banco de madera.

—¿Cómo te fue, tontón? —preguntó el Picle.

—Yo creo que bien —respondió Galvarino.

Al ver que no traía nada en sus manos todos se miraron entre sí.

—¿Y Marcelo no te hizo entrega de algún papel, alguna hoja escrita…?

—Sí —respondió el muchacho—. De hecho son varias hojas. Le sacó fotocopias a un libro y escribió algunos apuntes.

—Y todo eso ¿lo traes? —preguntó Lalo Cartagena.

Galvarino movió su cabeza de arriba a abajo torpemente. Nadie pudo evitar arrugar los músculos del rostro con desagrado al escucharlo.

—Pero, huevón —interrumpió Yanclot—, si aquí los documentos escritos te los dejan pasar.

—No lo sabía —respondió Galvarino y una gota de sudor se resbaló por el costado de su mejilla.

—Acompáñalo al baño —solicitó Lalo a Boticheli Hernández.

Una vez que los documentos estuvieron en sus manos, limpios, el Picle se los entregó a Lalo, quien leyó en voz alta:

Santiago, 13 de agosto.

Querido cuñado,

Antes de entrar en materia, quisiera enviarte mis saludos más afectuosos. Johana y los niños siempre se acuerdan de ti y de tus... "aventuras". Aunque no lo creas, sigues siendo un referente para ellos, mal que mal has sido el único de la familia que ha salido en televisión tantas veces. De vez en cuando nos preguntamos cómo estarás. Sé que vas a decir: bueno, si quieren saber cómo estoy ¿por qué no vienen a verme? Y no te culpo, pero la verdad es que el tiempo nunca nos acompaña. Como sabrás, nos compramos un acuario y entre que darle la comidita a los peces, ver que el filtro funcione, limpiar el vidrio, etc., se nos va la vida. Pero Justo, siempre, y escúchame bien, siempre está en nuestro pensamiento la idea de poder ir a visitarte, por favor no pienses lo contrario.

En fin. El día martes por la tarde recibí la visita de Galvarino. Traía un rostro compungido que no entendí hasta que acudió al baño. Me hizo entrega de un paquete alargado que contenía dos extrañas piedras y una nota. Las observé cuidadosamente mientras Galvarino oprimía un pomo de hipogloso. Sin duda, luego de un breve análisis, concluí que ambas piezas correspondían a elementos fósiles. Le dije a Galvarino que volviéramos a vernos el viernes y me puse a estudiar el caso con detenimiento. En los días que siguieron revisé varias enciclopedias y le mostré las piezas a un colega que raya con la paleontología, aunque yo estaba teniendo bastante claro de qué se trataba el asunto.

Imagino que en este momento tú y tus amigos ya revisaron las páginas del informe que adjunto. Pues bien, no rompo la sorpresa entonces al anunciar que esas piedras son mucho más valiosas de lo que ni ustedes mismos se imaginan. No es mi deber preguntar dónde y cómo las consiguieron pero se trata de un descubrimiento que podría revolucionar el mundo científico. Si todas las averiguaciones hechas están en lo correcto, esos huesos pertenecerían a un tipo de dinosaurio del que no se tenía mucho conocimiento en nuestro país. Se trata de un hadrosaurio, ambas piezas corresponden a dedos del pie. Como estos reptiles se erguían en dos patas, los huesos de sus pies, de alguna manera, son bastante especiales. Sé que esto será chino para ti y el resto de tus amigos con traje a rayas, por eso es que incluyo imágenes y dibujos explicativos. Incluyo además una completa lista de las herramientas que "usualmente se emplean en la tarea de buscar fósiles" (varios de los químicos que aparecen ahí son fáciles de conseguir en algunos botiquines...).

Hoy viernes volveré a verme con Galvarino. Como un soldado fiel, y eso hay que reconocérselo, Galvarino pondrá otra vez todo en su lugar y te lo llevará. Espero poder seguir siendo informado acerca de los avances de este gran descubrimiento. Yo por mi parte ofrezco toda la ayuda que me sea posible brindarles.

Atte.
Marcelo.

Todos miraron a Galvarino.

—¿Anduviste con las piedras metidas en el culo toda la semana? —preguntó el Picle abochornado.

Yanclot revisó los dibujos.

—No puede ser, Lalo —declaró—. ¿Descubriste un dinosaurio?

Lalo Cartagena también los revisó.

—Esto lo explica todo —dijo—. Porque hoy encontré algo más grande.

—¿Algo más grande? ¿Más grande como qué?

—No tengo ni la menor idea. Un hueso más grande, quizás.

—Si efectivamente se trata del fósil de un dinosaurio —comandó Yanclot—, no vamos a descansar hasta encontrar todas sus partes, ¿me oyeron? Tienen que estar todas ahí.

17

Los días que continuaron a ese domingo, la excavación se reanudó con un nuevo vigor. Yanclot ingresó al túnel junto a Lalo Cartagena y se implementaron otras herramientas como brochas, un buril que alguien modeló en el taller de greda y un destornillador que se usó como cincel. En poco tiempo dieron con varias partes del esqueleto, algunas más enteras que otras, y cada pieza era comparada con el mapa de huesos entregado por el cuñado del Picle. Al parecer se trataba de una criatura bien conservada.

—Vamos a tener que ampliar el forado de manera horizontal si queremos alcanzar la cabeza —señaló Yanclot.

De pronto se escucharon ruidos en la superficie. Mansopescao miró hacia abajo.

—¡Viene el alcaide! ¡Arriba, arriba!

—Sube tú —ordenó Yanclot a Lalo—. Yo me quedo.

Lalo subió rápidamente. La escalerita resistía a la perfección. Llegando arriba cubrió el agujero, sacudió sus ropas y tomó asiento junto a Mansopescao.

El alcaide Gualdo Tapia ingresó a la celda acompañado de un gendarme.

—Cartagena —indicó—. Acompáñame a la oficina.

La invitación los llenó de intriga. Lalo se puso de pie, dio una mirada nerviosa a Mansopescao y salió junto a los hombres.

—Asiento —invitó el alcaide ubicándose detrás de su escritorio. Lalo Cartagena obedeció tímido—. Te mandé a llamar por un asunto puntual. Me han dicho que andas yendo a la biblioteca, ¿es verdad?

Lalo Cartagena asintió.

—¿Y qué andas haciendo ahí, a ver?

—Leyendo, leyendo libros.

—¡Mira que leyendo libros! —repitió el alcaide sarcásticamente—. Nadie entra a esa biblioteca, pero resulta que el perla va, y más encima dice que va a leer libros. Ten cuidadito mejor, ¿ah?

—¿Y a qué más podría ir, alcaide, si no fuera a leer?

—¡No sé, pues! Tú sabrás mejor que yo, ¿no? A ver, cuéntame una cosa —dijo acercándose—. ¿Qué hay adentro de esa biblioteca que tanto te llama la atención?

—Libros —respondió Lalo—. Una gran cantidad de libros.

—¿Libros de qué?

—De todos los temas: libros técnicos, de ficción, de historia...

—¿Y para qué, oye?

—¿Cómo para qué? para leerlos.

—¿Y alguien los lee?

—Bueno, yo estoy leyendo algunos.

—A ver, a ver, cuéntame una cosa. Pero estos libros... ¿están en el suelo, en una caja, uno los pide? ¿Cómo es la cuestión?

—Los libros están ordenados en repisas, alcaide, cada una corresponde a una categoría distinta.

—No te puedo creer, oye. ¿Así es que eso es lo que hay en la biblioteca? Mira tú. Ya, me convenciste. Uno de estos días voy a ir a mirar.

—Vaya, alcaide, todos son bienvenidos en la biblioteca. Está abierta para todos.

Yanclot Valdés había descubierto un hueso largo que, según los dibujos, podía tratarse de una parte de la pelvis. Era una pieza bellísima. Mansopescao se encargó de recibirla arriba con ayuda de Boticheli, que venía llegando del taller. Ese día modelaron un perrito de arcilla.

—Manso pedazo de hueso —exclamó Boticheli.

—Todavía hay más —gritó Yanclot desde el interior del foso.

Había llegado a las costillas del animal, estaba casi seguro que se trataba de las costillas. Picoteaba la tierra, rascaba alrededor, en círculos, mientras el sudor le corría por las mejillas. Lo único que Yanclot tenía claro era que no iba a detenerse hasta llegar a la cabeza del monstruo.

18

—Aquí está tu tarro de leche condensada, Botito —dijo Mary alargando su brazo con el comestible
en la punta de los dedos.

—Gracias Mary pero ya se me quitó el antojo.
Ahora ando con la onda de comer salame.

—Ay, Botito, quién te entiende. ¿Y Lalo? —
preguntó.

—Lalo está obsesionado con un descubrimiento
que hizo. Ya casi no sale de la celda.

Justo Guzmán, el Picle, contaba las vértebras
mientras Yanclot limpiaba cuidadosamente, sobre una
sábana, los huesos correspondientes a las piernas del

animal. Lalo Cartagena permanecía al fondo del agujero intentando dar con la cabeza, como si ese fuera el requisito para convencerse de que efectivamente eran los restos de una criatura. La tarea se hacía difícil. A medida que avanzaba, el sedimento era cada vez más sólido.

La noche anterior decidieron que iban a armar lo que tuvieran. Reunidos Lalo, Boticheli, Yanclot y el Guatón Delgado en la celda de este último, mientras el Picle hacía guardia apostado en la puerta, acordaron que primero juntarían las partes. Una vez obtenidas la mayoría de ellas, procederían a armar el dinosaurio. Las piezas faltantes serían reemplazadas por una imitación en greda. Nadie confiaba en el talento modelador del Picle o Boticheli, pero no quedaba de otra. Al oír esto, Lalo cubría su rostro con ambas manos. Además le parecía que no podían armar el esqueleto si no tenían el cráneo. Argüía que al ver a la criatura descabezada, todos, inconscientemente, buscarían completarla y terminaría llevando de cabeza una pelota de fútbol con dos ojos y una sonrisa pintada de por vida. Pero la presión del resto hizo que Lalo terminara aceptando la idea original, aunque a regañadientes. El Guatón Delgado era el único que parecía observar la discusión desde afuera.

—Todavía no entiendo qué mierda hacen hablando de un dinosaurio —alegó moviendo la cabeza hacia los lados—. ¿Que acaso el túnel no se hizo para escapar...? ¡En qué parte me perdí!

—¡Pero no te das cuenta, estúpido, que esto es un hallazgo de la humanidad! —gritó Yanclot molesto—. Me extraña, huevón. Me extraña.

Las expresiones del resto mirándole inquisitivamente le intimidaron. El Guatón Delgado no hizo más preguntas.

Boticheli Hernández cruzó la puerta de la celda 15 cargando su tarro de leche condensada.

—No caché a Galvarino entre las visitas de hoy, Picle —comentó.

—Se enfermó el saco de huevas —respondió éste—. Pero el otro domingo viene. Y la Mary... ¿qué contaba?

—Lo de siempre, cansada de los malos tratos que recibe en la pega por un sueldo miserable, acogotada por las deudas. Encima el seguro de salud no quiere cubrirle una operación al pie que ella ya había acordado hacerse, ¿me vas a creer? A buena hora desistimos de la estúpida idea de huir de aquí, muchachos. Realmente uno no se da cuenta de lo que tiene. Voy a preparar un cafecito con leche condensada, ¿alguien quiere?

Yanclot observaba la escena con la apacible serenidad de quien está concentrado en sus propios pensamientos. Mansopescao apareció bajo el dintel de la puerta.

—¡El Perro Lillo! —gritó hacia adentro.

El plan de contingencia consistía en enrollar la sábana con los huesos fósiles en su interior y empujar el bulto bajo la cama. Avisar al foso. Volver la baldosa a su lugar y en menos de un minuto la celda era otra vez el mismo sucio y ruinoso calabozo carcelario de siempre. Los ruidos en el pasillo se detuvieron. El silencio solamente permitió oír el traqueteo de los botines del gendarme Lillo y los de un muchacho en práctica.

—Tanto silencio —dijo Lillo con un tonito burlón nada de agradable—. ¿Qué tenemos aquí? —preguntó al pasar por fuera de la celda—. ¿Reunión de accionistas? —lanzó al ver a Yanclot, el Picle, Boticheli y Mansopescao sentados todos alrededor de una tabla que soportaba, como una mesita, el café y los tarritos.

—Mira, estos son los choros de aquí —explicó al alumno en práctica—, tomando tecito. Choros al peo. Huevones pencas.

Los presos no emitieron un solo comentario. Se sirvieron café e ignoraron la presencia de Lillo, lo que, por supuesto, lo enojó más.

—Mírame cuando te hablo —le dijo a Yanclot golpeando su tarro con la luma.

El polvo de café se desparramó. El tarrito metálico cayó al suelo y rebotó contra la baldosa. Al golpear el cerámico del túnel, el sonido fue notoriamente distinto. En su interior, Lalo Cartagena tragó saliva. El Picle se puso nervioso, Boticheli le apretó la pierna para que se calmara y sus gestos no acusaran nada extraño.

—¿Nos vas a dejar tomar café? —preguntó Yanclot.

—¿Qué te has creído, huevón? —instigó Lillo—. ¿Que aquí haces lo que tú quieres?

Nadie respondió y el momento fue opacado por la irrupción en la celda de un mocetón gigante. Más atrás venía don Chuma apoyado en su bastón de madera, seguido por otros dos tipos enormes.

—Sácame a los gendarmes —ordenó Chumita al mocetón junto a él.

—A ver, a ver, Chuma, ¿qué está pasando…? —intentó preguntar Lillo, pero Chumita arremetió:

—¡Con quién crees que estás hablando, conchetumadre!

Hubo silencio, pero esta vez sí que fue un silencio total. No se escuchó ni el viento soplando entre los barrotes.

El Perro Lillo frente al alumno en práctica, que ya estaba poniéndose muy pálido, trató de retomar el mando. Levantó la luma pero el gorila lo empujó con fuerza contra la pared del fondo. Yanclot y los demás se hicieron a un lado. Los guardias de Chumita agarraron al practicante de un ala y lo lanzaron al pasillo. Afuera, otros presos le dieron la bienvenida a punta de cachetazos y patadas. A Lillo le quitaron la luma y uno de los matones le dio un puñetazo tan violento que su cabeza llegó a azotarse contra el suelo. El gorila lo arrastró de los pies por todo el pasillo, oportunidad que nadie dejó pasar para escupirlo e insultarlo. Levantó a Lillo jalándolo de los brazos. Tomó vuelo y lo lanzó contra la compuerta de la basura como si se tratara de una bola de boliche. Luego de esto sacudió sus manos. Los aplausos no se hicieron esperar.

Don Chuma tomó asiento en uno de los cajones.

—Cierra la puerta, Chusco —pidió a uno de sus guardianes.

Yanclot y los demás se miraron con asombro.

—Por ahí supe lo que descubrieron, muchachos. Nadie respondió nada.

—Tranquilos —continuó Chumita—. Hablo porque quiero ayudar. Les contaré que los dinosaurios me han apasionado toda la vida, desde cabro chico. El sólo hecho de saber que hay una posibilidad de ver un fósil con mis propios ojos me pone la piel de gallina. Mírenme, ya estoy viejo, probablemente no me queden más que unos cuantos años de vida. Por lo mismo es que quiero ofrecerles mi colaboración. ¿Quién está a cargo de esto?

—Lalo Cartagena.

—¿Y dónde está Lalo Cartagena?

—Salió al patio —se apuró en indicar Yanclot, sin pasársele por la cabeza ni un segundo decir la verdad.

—Bueno, cuando llegue coméntale acerca de esta conversación. Tengo muy buenos contactos afuera, ustedes saben. Lo que necesiten, pídanmelo. Sólo permítanme ver esos fósiles.

Dicho esto, se despidió amablemente y salió de la celda.

—Ahora sí que estamos cagados —advirtió Boticheli—. Se llega a enterar el jefe…

—Si tenemos el respaldo de don Chuma —dijo Yanclot—, Ganzúa Jiménez ni siquiera va a querer enterarse.

Destapó la entrada del túnel para narrarle a Lalo los últimos sucesos. Lalo ya llegaba arriba.

—¿Escuchaste?

—Poco —respondió Lalo—. Pero tengo una noticia: encontré el cráneo.

19

Todos los presos del ala norte permanecían de pie en el patio, a la intemperie. Estaban así desde las 20 horas y seguirían en la misma posición toda la noche como castigo por lo ocurrido con Lillo el día anterior. Sergio Lillo se quejó con el alcaide Tapia y solicitó durísimos escarmientos, sobre todo contra don Chuma y sus hombres. Gualdo Tapia decidió aplicar el viejo castigo de hacerles pasar la noche entera de pie en el patio. Sin embargo, don Chuma fue liberado de cumplir la sanción debido a su avanzada edad. Lillo reclamó esta resolución. Además hallaba que el escarmiento no era lo suficientemente duro. Pero donde manda alcaide, manda alcaide.

—Lalo —murmuró Boticheli a un volumen casi inaudible.

—¿Qué te pasa? —respondió Lalo, delante suyo.

—La Mary habló con Úrsula, con tu Úrsula. Se la topó en la calle y preguntó por ti.

—¿Quién está hablando ahí? —gritó uno de los gendarmes que hacía rondas alrededor vigilando que nadie hablara.

—Capaz que quiera empezar a venir a verte de nuevo —continuó Boticheli.

—No me interesa y mejor cállate o el castigo va a ser peor —respondió Lalo y mentía. Claro que le importaba, le importaba muchísimo de hecho, tanto que hubiera preferido no saber nada de ella nunca más.

Lillo observaba el patio desde la torre, rojo de furia. Le parecía que el castigo era una burla. Olvidaba que el alcaide le advirtió varias veces que no fuera a meterse solo a las celdas, que era peligroso. Pero vaya a saber uno qué motivaba al Perro Lillo a pasarse por encima la indicación. Sentir poder, quizás, tantear el riesgo. Esta vez le había salido bastante caro el chiste. Varios hematomas y un esguince en el pie lo dejaron un día completo en la enfermería. Cerca de la medianoche se produjo el cambio de guardia. Los funcionarios del turno siguiente subieron a la torre. Los del turno anterior se dirigieron por fin a sus literas. Lillo aprovechó el momento para bajar un piso más, a la cocina. Intentando ser lo más sigiloso que fuera posible tiró de la manilla del frigorífico. Buscó el contenedor azul, donde sabía, todos sabían, se almacenaba la comida especial del patriarca. Numerosas regalías tenía don Chuma al interior de la cárcel, demasiadas, diría el Perro Lillo. Como primera medida retiró la tapa. «Con qué vamos a encontrarnos», dijo ansioso. «Fruta fresca de temporada, tallarines sin gluten, pancito francés, centolla ¡centolla! Váyanse todos a la chucha», exclamó. «¡El huevón mató a seis pacos y a no sé cuántos cabros chicos y así lo premian!». En un envase rectangular halló una salsa de tomates con champiñones recién preparada. Sacó la botellita que cargaba en uno de sus bolsillos, *"vaselina líquida"* podía leerse en la etiqueta, laxante, para el ciudadano común. Abrió la tapita y vertió una buena cantidad en la salsa. Revolvió con el dedo.

Cerca de las 3 de la mañana se levantó el castigo. Los reos, cansados y entumidos, retornaron por fin a sus celdas.

Ricardo Elías

20

Yanclot introdujo la pequeña cucharita de plástico en la hendidura superior.

—Con cuidado —advirtió.

Lalo Cartagena sujetaba la pieza por debajo. Era grande y aún faltaba despejar buena parte de ella.

—¿Y en qué quedaron entonces con Chumita? —preguntó Lalo.

—En nada, solo dijo lo que te conté. Quería ver alguno de los fragmentos fósiles.

—¿No quisiste enseñarle las vértebras que tenemos arriba?

—Pero Lalo, el hombre alucina con los dinosaurios desde que era niño. Y estando a un pelo de tener todo el esqueleto ¿no sería mejor mostrarle la criatura completa? Va a ser muchísimo más espectacular. Además, si dijo que podíamos pedirle lo que quisiéramos hay que hacer el trabajo bien hecho.

—¿Pedirle qué...? ¿se refirió a algo en específico?

—Lo que queramos. Al Sanguinario Luis le consiguió un teléfono celular, ¿te acuerdas que se lo arrendábamos para hacer pitanzas? A Ganzúa Jiménez le trajo unos vinos espectaculares y al Guatón Delgado un machete carnicero. ¿Cómo logra ingresar todo eso? Un misterio. Por algo es el patriarca.

¿Podrá conseguir que Úrsula venga a verme?, pensó Lalo Cartagena, pero ya era hora de subir. Había quedado de juntarse en la biblioteca con el alcaide Tapia y estaba atrasado.

—¡Cartagena! —gritó Gualdo Tapia del otro lado del pasillo—. Te estábamos esperando, hombre, ¿qué pasaba que no venías? Ya nos habíamos empezado a preocupar... ¿O no, Bermúdez?

—Así es, alcaide —respondió éste, incómodo.

—Tuve que solucionar algunos problemitas antes de venir —explicó Lalo Cartagena.

—Bueno, tú dirás pues.

Los tres se encontraban de pie frente a la entrada de la biblioteca.

—Pasemos —invitó Lalo.

Cruzando el portal, el alcaide abrió unos ojos enormes. Fascinado admiró la decoración, las grandes repisas de madera llenas de libros, las mesitas de lectura, el retrato de Gabriela Mistral que Gualdo Tapia interpretó como una indicación de la sección "libros para señoras", y la máquina de café.

—Oye, pero qué lugar más increíble —expresó el alcaide Tapia llenó de emoción—. Y todo está como nuevo.

—Claro, si no entra nadie —comentó Lalo.

Olmedo apareció detrás de una de las repisas envuelto en una manta. Cargaba un ejemplar de *Sobre héroes y tumbas* de Ernesto Sábato.

—¿Cómo está, alcaide? —saludó el profesor.

—Sorprendido, Olmedo, qué quiere que le diga.

—¿Ve, alcaide? —dijo Lalo—. Aquí no hay nada que temer. Usted elije un libro, lo toma y se lo lleva.

—¿Uno solo? —preguntó Gualdo Tapia.

—Si quiere puede llevarse más de uno, eso depende de usted.

—Ya, mira —dijo—. A ver… dame el azul y el verde.

Lalo miró al suelo con decepción. *Bueno*, pensó, *por algo se empieza*.

—Aprovecho de preguntarle, alcaide —dijo Olmedo—, ¿cuándo repararán la calefacción?

Gualdo Tapia rascó su cabeza.

—Estamos en eso —respondió titubeante—. Esa reparación encabeza nuestra lista de prioridades, Olmedo. No desespere.

Lalo y Yanclot estuvieron cerca de tres horas al interior del túnel despejando el sedimento. Con pincel y brocha repasaron los bordes y con las cucharitas de plástico quitaban los terrones más porfiados. Cada tanto se detenían y secaban el sudor. Luego bebían agua de la botellita que Boticheli hacía descender atada a una cuerda, y vuelta.

—¿Si usamos el destornillador para hacer palanca suavemente? —propuso Lalo.

—A ver, probemos.

Procedieron ambos con la delicada operación armados de paciencia y extrema curiosidad. Y como un pequeño que emerge de la cavidad vaginal de su madre, la cabeza del monstruo comenzó a desprenderse para salir intacta del compacto molde de minerales y arcilla.

—No puedo creerlo —dijo Lalo con satisfacción.

Yanclot subió primero. Lanzó las cuerdas. Lalo aseguró el cráneo con tal firmeza que desatarlo no iba a ser tarea fácil. La pieza fue subiendo lentamente. Cuando Lalo emergió, cubrió el foso con el bloque de baldosa respectivo. Mansopescao ingresó a la celda.

—Se trata de Chumita, muchachos. —Su rostro describía una extraña consternación—. Encontraron muerto al patriarca.

21

Ese día la cárcel se paralizó por completo. La repentina muerte de don Chuma dejó a todos sumidos en una perplejidad grisácea. El alcaide mandó a preparar una ceremonia funeraria en el patio central. La causa oficial del deceso fue ataque al corazón, pero la información que corrió de boca en boca, aunque discretamente, fue más detallada. Decían que algo tuvo que haberlo intoxicado ya que le pegó una aguda colitis fulminante. Que se había ido por el baño durante toda la noche hasta que de pronto el corazón no le dio para más. Fuera como fuera fue horrible. Todos los presos y gendarmes estuvieron presentes en la misa presidida por el cura Muñagorri, a quien el alcaide Tapia mandó a buscar especialmente. El cura Muñagorri fue capellán de la cárcel durante años. Confesó innumerables veces a don Chuma perdonando todas sus faltas. Don Chuma era un fiel siervo de Dios. El curita hizo un largo discurso hablando, como suele hacerse en este tipo de actividades, solamente cosas buenas del fallecido. Relativizó lo negativo de sus crímenes y hasta se despachó frases alusivas a la dudosa inocencia de sus víctimas. Luego fue el turno de Gualdo Tapia:

—Yo conocí a don Chuma el mismo año que asumí la dirección. Entramos juntos, recuerdo perfectamente ese día. No éramos más que un par de jovenzuelos llenos de anhelos y esperanzas. Cuánto hablamos con Chumita. Me parece que fue ayer cuando discutíamos sobre la justicia y otros valores. Esta muerte no puede sino darme una estocada profunda en el corazón. Porque los alcaides también tenemos corazón, muchachos. Corazón, riñones y páncreas. Nosotros éramos su única familia. Esta pérdida es una dura pérdida para nuestra institución. Delincuentes de la categoría de don Chuma ya no quedan. —Tomó una corona de flores y la puso sobre el ataúd—. Hasta siempre, Chumita.

Los temidos hombres de don Chuma, apostados durante todo el ritual junto al féretro, lloraban a moco tendido en un espectáculo que tenía más de dantesco que de conmovedor. Cogieron el ataúd sobre los hombros y caminaron en dirección al pasillo. Los gendarmes presentes escoltaron la caravana. No fuera a ser cosa que en la subida del cajón al vehículo funerario subiera también alguno que otro preso, intentando pasarse de listo. Ya había ocurrido en ocasiones anteriores. Por lo mismo, el cajón no cruzaba el portón sin ser revisado diez veces antes. Con tal de huir estos tipos no tenían problema de irse abrazando a un muerto si era necesario. Lillo caminó junto a los demás gendarmes escrutando a su alrededor en silencio.

Todo el mundo regresó a sus celdas con el ánimo decaído, secándose las lágrimas algunos, otros repitiendo «por qué» con desazón. Yanclot tomó asiento sobre la cama de Lalo Cartagena; Lalo, sobre uno de los cajones. Boticheli Hernández se lavó la cara en el lavamanos.

—Es lógico, ¿no? —dijo Yanclot. Lalo lo miró sin entender a qué se refería—. Es lógico que le haya ocurrido eso a don Chuma después de lo del otro día.

—¿Tú dices que el Perro Lillo tuvo algo que ver con la muerte de don Chuma?

Yanclot sonrió.

—O sea, puede ser —continuó Lalo—. ¿Pero echárselo?

—Lo que a mí me da más pena —confesó Boticheli—, es que el pobre no haya podido ver el dinosaurio.

Ninguno respondió pero todos compartían el mismo sentimiento. Compartían también algo de culpa, de responsabilidad, por esperar a hacer algo mejor hecho, cuando las cosas hay que hacerlas y ya.

—Es mejor no llorar sobre la leche derramada.

—¿Y qué haremos ahora? —preguntó Boticheli.

—Cómo que qué haremos. Tenemos que armar el dinosaurio —dijo Lalo.

—¿Armarlo? Pero si es enorme. No sé si quepa en esta celda.

—Tendrá que caber —advirtió Yanclot—. Es un descubrimiento único, ya lo dijo el cuñado del Picle. Debemos mostrárselo a los demás. Vamos a organizar su exhibición y vamos a cobrar entrada. Con lo poco que hay aquí dentro para hacer, te apuesto a que llenamos.

22

En la celda 15, el armado del dinosaurio iba viento en popa. Para unir los huesos de la columna se utilizaron alambres extraídos de colchones en desuso; y para fijar las piezas más grandes, ganchos de la ropa. El extraño reptil ya tomaba la forma que los dibujos y las fotos de los libros con los que se disponía mostraban. Hubo que desarmar el camarote para ganar más espacio. La criatura era grande.

Boticheli, encargado del minucioso trabajo de juntar las vértebras, en pocos minutos se dio cuenta que esa cola no cabría en celda alguna.

—Tendrá que ir doblada —propuso Yanclot.

—Veamos si da —contestó Boticheli.

—Tiene que dar. La cola de estas bestias era flexible, servía como defensa. Revisa los apuntes.

Lalo Cartagena miró con asombro el montaje de la estructura, una extraña satisfacción le infló el pecho. Era como si la sangre llenara cálidamente cada arteria de su cuerpo y el corazón se le inflara como un enorme pulmón. Jamás creyó que experimentaría algo así dentro de la cárcel. *Yo debí haber sido paleontólogo en vez de delincuente*, pensó. Aunque una cosa no necesariamente quitaba a la otra. Podría haber sido paleontólogo y delincuente a la vez. *Ser delincuente no se elige, se es delincuente porque las circunstancias así lo determinan. Pocos niños hay en el mundo que responden «quiero ejercer la delincuencia» cuando les preguntan qué les gustaría ser de mayores.* A los siete años de edad Lalo respondía «político», «o sea: delincuente», le decían de vuelta y a un niño esas cosas se le quedan grabadas.

Lo último en fijarse fue la cabeza. Antes de hacerlo estuvieron limpiándola concienzudamente y quitándole todo resto de arcilla y sedimento. Mezclando ciertas cantidades de algunos químicos robados de la enfermería, lograron crear soluciones ácidas que facilitaban la tarea. El cráneo tenía un hueso largo que emergía desde la parte superior trasera. Ese hueso poseía una canal, donde se amontonó más sedimento que en otras zonas. Cuando intentaron instalarlo sobre el cuello, encontraron dos problemas: la altura del techo no lo permitía y el cráneo era tan pesado que necesitaba soportes adicionales para mantener esa posición.

—Va a ser imposible sostener el cráneo a esa altura —observó Lalo.

—A menos que cambiemos la postura —dijo Yanclot—. Está parado. Lo correcto sería que lo pusiéramos agachado, adecuándonos a la celda.

Lentamente fueron reacomodando los huesos sobre la estructura de alambre y fierro hasta dar con una posición que permitiera que la cabeza quedara más cerca del suelo. Esto lo consiguieron apoyando al animal en los cuartos delanteros, en una actitud que parecía que iba a atacar a quien ingresara por la puerta.

Al finalizar, admiraron la obra. Parecía que hubieran esculpido un monumento en roca. Tan distinto no era.

—Quedó la raja —dijo Yanclot sin caber del asombro.

Cogió a Lalo del brazo pero este no reaccionaba, pasmado todavía por la impresión de ver al monstruo perfectamente armado frente a él, mirándolo como una criatura a su creador. El momento lo tenía sumido en un charquicán de maravilla y espanto. Le sopló vida a un montón de huesos, de piedras, de guijarros sin ley.

—¿Te das cuenta? —preguntó Yanclot—, ¿te das cuenta que has desenterrado parte de la historia del mundo? Y todo gracias a dos piedritas huevonas. Yo que tú estaría orgulloso.

—Lo estoy —murmuró Lalo Cartagena casi por inercia.

—Y pensar que estos animales existieron realmente con piel y tripas antes que nosotros —declaró Boticheli.

Mansopescao, que había ido a leer el diario a la celda de Cogotero Araya, regresó para comentar las noticias del día. Al cruzar la puerta y ver ese enorme tropel de huesos mirándole con furia, el corazón casi se le escapa del pecho.

—¡Conchesumadre! —gritó con pavor, sobreviniéndole una impresión relámpago que el hombre moderno no está acostumbrado a experimentar: la sensación de que se lo van a comer.

—Quedó pulento —confesó algo más tranquilo—. Cabros, ¡les quedó pulento!

Yanclot tiró la brocha al lavamanos. Limpió su rostro con la polvorienta manga de su camisa y cogió un pedazo de cartón corrugado que guardaba en una esquina.

—Ya muchachos —dijo rayando la superficie con un plumón—. Este cartel irá en la puerta: *"Exhibición de dinosaurio, único en Chile. Valor entrada: $200"*. Picle, encárgate de ponerlo en un lugar visible.

—A sus órdenes —respondió el Picle llevándose la mano tiesa a la frente.

—Esto hay que celebrarlo —opinó Boticheli Hernández—. Voy a ir a ver si puedo chorearme una botellita de alcohol de la enfermería.

23

Francisco Quiroga salió de la ducha con una toalla cruzada a la cintura. En el vestíbulo el resto de los colegas, entre ellos Lillo, abrochaban sus camisas, fijaban los pantalones sobre sus piernas y vertían colonia barata en sus cuellos.

—Van a abrir una investigación por lo de don Chuma —dijo Quiroga—. Es probable que en lo próximo tengamos que declarar y aguantar un ajetreo inusual aquí dentro.

—¿Una investigación? —preguntó Lillo—. Pero si el viejo se murió por un ataque de cagadera.

—Sí, pero el alcaide solicitó una investigación.

—Me parece el colmo —declaró Lillo—. Cuántos presos mueren anualmente aquí dentro por riñas u otras causas igual de naturales y nadie le da más vueltas.

—Pero el patriarca no era cualquier preso, pues Lillo —comentó otro de los gendarmes.

—¡Eso es lo que no puedo entender! —exclamó Lillo molesto—. El huevón era más malo que la chucha y resulta que ahora hay que rendirle honores. ¡Córtenla!

—Yo creo que tu molestia —dijo Quiroga—, tiene más que ver con el episodio que te tuvo un día entero en enfermería.

—Tiene más que ver con la idea de que un tipo de la calaña del Chuma no merece tanto circo.

Boticheli Hernández propuso que el dinosaurio fuera bautizado como Juan Cachantún Faiste; nombre que, según él, le fue revelado en sueños durante una siesta. Todos quisieron conocer más a fondo cómo es que eso ocurrió.

—Soñé que estábamos todos en el patio central un día cualquiera, jugando a la pelota, dando vueltas. De repente bajaba del cielo nada menos que Condorito, ¡Condorito en persona! Había venido a visitarnos. Nosotros nos acercábamos a saludar. Condorito nos daba su bendición, nos ponía la mano en la cabeza y quedábamos como llenos de paz. Era lindo. Entonces en un momento me toma, me lleva pa' un lado, indica al cielo y me dice: «Juan Cachantún Faiste». Y desperté.

Se produjo un largo silencio entre quienes escuchaban la historia. Nadie le halló sentido. El nombre tampoco gustó. Pero Boticheli insistió tanto que terminaron por llamarle así, Juan Cachantún Faiste.

La exhibición de Juan Cachantún Faiste abrió esa misma tarde y pese a todos los volantes que el Picle se encargó de repartir, el asunto no suscitó ni un mísero interés. Sólo un parricida del ala sur, apodado el Carequiltro, pagó la escueta suma e hizo ingreso. Esquivó al enorme fósil, se dirigió a la mesita del fondo, se preparó un café, revolvió y degustó con placer.

—Delicioso —dijo y se marchó.

Lalo, Yanclot, Boticheli y el Picle se miraron con desconcierto. Mansopescao asomó su cabeza hacia el interior:

—Yanclot, Lalo. Los hombres de Chumita los mandan a llamar.

En el frontis de la celda 52, del piso 4, dos gorilas recibieron a Lalo Cartagena y Yanclot Valdés.

—Adelante.

Lalo nunca había entrado a ese lugar anteriormente. A la celda 52 sólo se podía ingresar con la autorización de don Chuma y solamente personajes muy específicos podían presumir de haber ostentado esa autorización. Ni los gendarmes entraban. Remigio Paya, el Chusco, hombre de confianza de don Chuma, los esperaba sentado en el sillón del patriarca.

—Asiento muchachos —invitó el Chusco—. ¿Pisquito sour?

—¡Ya! —respondieron ambos al unísono.

El tipo hurgó en el frigobar y sirvió el aperitivo en unas delicadas copitas flauta. Lalo y Yanclot se echaban vistazos cómplices por el rabillo del ojo. La celda de don Chuma asombraba a quien la visitara. Era algo así como una celda cinco estrellas, si es que existe esa categoría de calabozos en las cárceles. En uno de los muros, junto al gomero, podían verse varias fotografías de don Chuma acompañado de gente famosa, en su mayoría animadores televisivos en declive: estrechándole la mano a Jorge Rencoret y a Enrique Maluenda en sus mejores tiempos. Más allá se le podía ver en traje de baño hablando con César Antonio Santis en un lugar rodeado de palmeras. El marco más grande lo mostraba abrazando a Raúl Matas.

—Los mandé llamar —continuó el Chusco—, porque, como ustedes bien saben, Chumita estaba muy ilusionado con los huesos del dinosaurio. Lástima que el destino tuviera otros planes y se lo llevara tan pronto de nuestro lado.

Una lágrima se resbaló por su mejilla al decir esta última frase; pero en lugar de acudir a un pañuelo, lo que hizo fue coger un enorme cuchillo. Frenó el avance de la pequeña gota de agua, la recogió con la afilada hoja metálica y la retiró violentamente, como quien saca un mosquito con la punta del dedo. Lalo alcanzó a escuchar el golpe que la pequeña lágrima se dio contra el muro del costado y tragó saliva.

—Sé que el patriarca les ofreció apoyarlos con lo que quisieran con tal de ver el fósil. Ustedes no tienen idea, pero cuando el Cojo llegó con la noticia, don Chuma se emocionó como un niño de cinco años. Sonrió como nunca antes lo habíamos visto sonreír. Fue impresionante. Y aunque Dios quiso que pasara lo que pasó, nosotros no queremos dejar de cumplir con la última palabra de nuestro Chumita. Si necesitan algo, lo que sea, cuenten con nosotros, de verdad se los digo. Don Chuma los quería mucho.

—¿A nosotros? —preguntó Yanclot extrañadísimo.

—Sí, a ustedes. Decía que eran gente muy leal, lo mejor de la cárcel. Es una pena que las cosas importantes se sepan tarde. Pero así son las leyes de la vida y la muerte en este mundo.

En la celda 15, Boticheli Hernández y el Picle intentaban que más reos se interesaran por ver el dinosaurio. Tito Vermú cruzó el pasillo limándose una uña.

—¡Tito, Tito! —gritó Boticheli. El hombre llegó a saltar de la sorpresa—. ¿Te gustaría ver algo que nunca nadie ha visto?

—¿Cómo qué?

—¡Un hallazgo arqueontológico, Tito!

—¿Un qué?...

—Mira, pasa por aquí. Por ser tú: entras gratis, ¡sólo por hoy!

El Picle escuchó esta parte y agarró a Boticheli del brazo. El *ticket* costaba doscientos pesos y todos debían pagar. Lo sabía muy bien porque él era el encargado de cortar los boletos.

—A este dejémoslo pasar gratis —le dijo Boticheli al oído—. Así se corre la voz y se hace publicidad.

Tito Vermú cruzó el dintel, miró al interior de la celda y dijo:

—¿Desarmaron los camarotes...? Mansa novedad.

Y continuó su camino.

Boticheli se mantuvo en la más absoluta perplejidad durante algunos segundos. Parecía como si, aparte de los camarotes desarmados, no hubiese nada ahí dentro. Preocupado abrió la puerta. Cuando miró al interior, el dinosaurio todavía estaba allí.

24

El alcaide Gualdo Tapia ingresó a la oficina abotonándose la camisa y subiéndose la cremallera del pantalón. La secretaria también salió de la sala de archivo acomodándose la falda. Al ver a Lalo Cartagena se sonrojó y dijo: «Pase».

—¡Cartagena! —saludó el alcaide más contento que en otras ocasiones—. ¿Cómo te has portado?

—Buenas tardes, alcaide.

—¿Qué te trae por aquí, mi viejo?

—Mire alcaide, la verdad es que me gustaría hacerle una propuesta formal.

—Formal, qué palabra más aburrida… ¿no, Bermúdez?

—Aburrida, alcaide —respondió el ayudante.

Lalo Cartagena miró hacia el rincón. Efectivamente Bermúdez estaba en ese rincón.

—Mira Cartagena —continuó Gualdo Tapia—, venimos saliendo de un funeral pues oye, no sé si te diste cuenta. Los ánimos están por el suelo. Lo que menos necesitamos es deprimirnos más.

—No, alcaide, al contrario. La propuesta que le traigo va a generar algo muy positivo.

Gualdo Tapia se reclinó en su sillón.

—A ver —dijo—. Chutea.

Lalo Cartagena se acomodó en el asiento buscando proyectar la máxima seguridad que fuera posible.

—He estado en conversaciones con el profesor Olmedo para hacer un taller sobre historia natural, prehistoria y evolución.

—Y también hazte uno para aprender chino —dijo el alcaide, lanzando una risotada. Secó sus lágrimas. Continuó—: ¿Y dónde querís hacer eso?

—Había pensado en la biblioteca —respondió Lalo.

—Y tú crees que alguien va a querer tomar un taller de… ¿cómo fue que dijiste?

—Prehistoria y evolución.

—Eso. ¿Tú crees que a alguien va a interesarle?

—Podemos hacer la prueba —respondió Lalo.

El grupo dio con esa idea luego del fracaso de la muestra arqueológica. Culpaban a la incultura por la poca afluencia de presos. «Estos tipos entran y no ven nada porque no saben lo que hay que ver», observó

Yanclot. Entre todos llegaron a la conclusión de que primero tenían que cultivarlos.

—Ya mira, haz tu huevada —dijo Gualdo Tapia—. La verdad es que no podría decirte otra cosa, quién soy yo para cortarle las alas a un preso que quiere volar. Lo que necesites, pídeselo a Bermúdez; y dale para adelante nomás, mi negro.

—Gracias, alcaide.

25

—Hola Mary, supe que te encontraste con Úrsula —dijo Lalo sin siquiera dar tiempo para responder el saludo.

—Así es —respondió ella sin saber si debía contarle también que ambas se toparon por casualidad en un paradero del Transantiago atestado de gente. Que ambas se hicieron las locas en un principio y cuando fueron ingresando a la micro, como chanchos que van al matadero, quedaron de frente, obligándose a hablar. Que entre comentarios climatológicos banales y los consabidos "el transporte público no da para más en esta ciudad", Úrsula preguntó: «¿Cómo está tu hermano, sigue preso?». Y ya cerca del final de la conversación, cuando iba a bajar dijo: «Mándale saludos a Lalo, si lo ves, sino no importa».

—Y ¿dijo algo? —preguntó Lalo ansioso.

—Te envió muchos saludos.

—¿Muchos...? —indagó elevando las cejas—. ¿Dijo «muchos» saludos?

—Ay Lalito, no sé, no recuerdo con tanto detalle. Pero saludos te mandó.

—El muchos hace una diferencia importante.

—Pues no lo recuerdo —mintió, ya que recordaba perfectamente que nunca hubo un muchos en la más automática de las frases que le escuchó a Úrsula ese día. Hubo incluso más emoción en la parte del clima.

—¡Lalo! —llamó Boticheli unos metros más allá—. ¡Viene Galvarino!

El sobrino del Picle ingresó al patio de visitas. Saludó resueltamente y dijo:

—Le llevé la carta a Marcelo. Estaba muy impresionado.

—Puta, es que mi cuñado... —explicó el Picle— ...es un romántico de la historia, cabros. No es cualquier profe de Historia que se dedicó a eso porque no le dio para más, ¡estay huevón! Es terrible de connotado.

—Y bueno, ¿dijo algo importante? —preguntó Lalo Cartagena—. ¿No envió nada?

—De hecho, sí. Voy al baño y lo traigo —anunció Galvarino caminando en dirección a los servicios higiénicos.

Boticheli sonrió. El Picle arrugó las cejas:

—¿Pero este huevón ya se olvidó que existen los bolsillos?

Galvarino regresó cargando un mamotreto de hojas. En ellas, Marcelo narraba la emoción que sentía al saber que el animal estaba completo y que lo habían reconstruido gracias a sus planos. No podía creerlo. Solicitaba fotografías urgentemente e insistía en el inimaginable valor histórico que tenía esa pila de huesos petrificados. Que era su obligación contactar a los máximos representantes de la paleontología mundial y dar a conocer el hallazgo al mundo entero. Explicaba además que este tipo de descubrimientos estaba catalogado como patrimonio de la humanidad y que era ilegal tenerlos sin autorización. Aquello incluso podía ser sancionado con cárcel. A Lalo Cartagena le interesaba más el otro documento, el de *Contenidos para una clase sobre prehistoria y evolución,* que solicitó para que Olmedo armara el taller.

La primera sesión del taller tuvo una convocatoria bajísima. La segunda y la tercera se repletó de gente (Yanclot tuvo la ocurrencia de sortear dos cigarrillos entre todos quienes asistieran). El profe Olmedo estaba sorprendido del explosivo aumento de alumnos. No podía sino llamarle la atención que la biblioteca antes desierta ahora cobijara entre sus paredes a tanto preso junto.

—Lalo —llamó Olmedo antes de partir con la clase del día.

—Dígame, profesor.

—El taller anda bien. Lo único que me preocupa es que cada vez que apago la luz y hago andar el proyector de diapositivas, se desaparecen libros. Aquí encima tenía yo *Los Hermanos Karamazov* de Dostoievski y cuando volví a encender la luz...

—Bueno profesor, de la cárcel esos libros no van a salir. Lo más que puede pasar es que el que los robó los lea.

La clase del día comenzó con la proyección de varios dinosaurios de cuello alargado.

—Estos —señaló Olmedo—, son los denominados saurópodos, eran herbívoros y eran consumidos por los de acá. —Señaló mostrando ahora una diapositiva con grandes carnívoros. Allosaurios, espinosaurios y tiranosaurios rellenaron la pantalla.

—Profe... —preguntó Cogotero Araya—. ¿Y de qué porte eran estos animales?

—Bueno, eso depende. Ponte tú en el caso de este, el tiranosaurio, un hombre alcanzaría el tamaño de una de sus patas.

El aula permanecía en el más completo silencio. Varios presos observaban la pantalla con la boca abierta, como si estuvieran presenciando la más extraordinaria revelación. Otros se tocaban la cabeza intentando detener las dolorosas contracciones que sentían al interior, como si algo ahí hubiera comenzado a funcionar de pronto.

A la salida, uno de los hombres de don Chuma interceptó a Lalo Cartagena y Yanclot Valdés.

—Vamos a la 52 —dijo escuetamente.

Esa tarde, Lalo y Yanclot regresaron a los aposentos del patriarca. Remigio Paya, el Chusco, ordenaba la colección de discos que Chumita cuidó con absoluto recelo toda su vida. Buddy Richards, Engelbert Humperdinck y los Diablos azules encabezaban el tesoro.

—Pasen por favor —invitó el Chusco—. Oye, me contaron que el taller ha sido todo un éxito. Torniquete Fernández estuvo aquí anoche hablando de no sé qué dinosaurio con cuernos pero que daba gusto escucharlo. Están súper entusiasmados con la cosa.

—Nos alegra —respondió Lalo.

—Los llamé por otro asunto. Como sabrán, estamos pasando por un momento importante: estamos viendo quién va a reemplazar al patriarca.

—Me imagino —dijo Yanclot—, y todos imaginan lo mismo, que ese lugar le corresponde, por antigüedad, al gran jefe. A Ganzúa Jiménez.

—Así debiera ser —comentó el Chusco—, por lo menos así lo dicta la tradición. Pero nosotros tenemos un atado con Ganzúa, tiene que ver con el desastre del '97 ¿se acuerdan? Cuando Ganzúa se echó al Burro Guajardo.

—Sí, pero la pelea con el Burro fue una pelea limpia —agregó Yanclot—, en ley.

—Pero era el Burro Guajardo pues, huevón —dijo el Chusco—. Mató al Burro y eso nosotros nunca lo vamos a perdonar. No podemos permitir que Ganzúa tome el sitio del patriarca por una cosa de lealtades. Así de simple.

—Pero entonces ¿qué piensan hacer? Se va a armar la grande. Ahí sí que queda la escoba.

El Chusco abrió la puerta y chifló hacia el pasillo. Ocho enormes gorilas ingresaron a la celda. Lalo Cartagena empalideció.

—¿Te acuerdas de la fuga del '91? —preguntó el Chusco a Yanclot—, ¿cuando pasó lo del Challa?

Yanclot comenzó a sudar. Miró de reojo hacia la puerta. Los ocho tipos bloqueaban el muro de lado a lado.

—Según lo que recuerdo —explicó haciendo grandes esfuerzos para sonar tranquilo—, yo le cedí mi lugar al Challa, él escapó.

—Así es —respondió el Chusco—. Gracias a ti el Challa tuvo tres cabros chicos y se fue a vivir a Montevideo. Ahora están presos los tres, pero lo que cuenta es que rearmó su vida.

Yanclot pareció desconcertado.

—¿Te acuerdas del motín del 2000, donde sacaste a este huevón —continuó el Chusco apuntando a uno de los gorilas, al más moreno de todos—, de debajo de las vigas que se desplomaron? Y a mí, que estaba tirado en la celda, inconsciente, ¿te acuerdas? Yo no me acuerdo, me contaron después. Todos aquí creemos que hay un puro reemplazante de Chumita, compadre.

Yanclot miró a todos los presos alrededor suyo. Masajeó su frente.

—No muchachos —dijo—. No puedo aceptarlo.

—Tú sabes que ese puesto no puede quedar vacío —aclaró el Chusco sin dar un mínimo margen de elección.

Lalo se agarró la cabeza. *Por qué mierda estoy yo aquí*, pensó. *Va a correr sangre en esta cárcel*

26

A las 15 horas partió el taller de greda. El profesor miraba con sorpresa las creaciones de sus alumnos mientras caminaba por entre los puestos. Casi todos habían modelado dinosaurios, unos más complejos que otros. Algunos eran cuidadosamente corregidos por un compañero más allá: el dimorphodón no llevaba cresta, el cuerpo del braquiosaurio era más vertical…

A las 18:30 la clase de prehistoria contó con un alumno nuevo: el profesor de técnicas manuales en greda. Lalo Cartagena era el encargado de pasar las diapositivas. Olmedo le pidió que se detuviera en una que decía: *"Primeros hallazgos"*.

—El primer hallazgo fósil de la historia lo hizo una mujer, en 1800, mientras caminaba por la calle. Encontró un diente que luego sería adjudicado a un Iguanodón. Ese dinosaurio es el que vemos aquí.

Varias manos se elevaron entre el público.

—Profesor —preguntó uno de los alumnos—. ¿Cómo es posible que un hueso se convierta en piedra?

Olmedo sonrió.

—Buena pregunta —dijo incómodo—. Siguiente.

—Profesor: ¿cómo se sabe el color de la piel que tenían los dinosaurios?

—Esteee… —respondió Olmedo comenzando a transpirar. De pronto miró el reloj. La clase había terminado, afortunadamente.

—Bueno muchachos, es todo por hoy. Los espero el miércoles, como siempre.

El joven profesor de greda caminó hacia adelante.

—Interesante clase, profesor —opinó—. ¿Cómo hago para nivelarme? Quiero seguir viniendo y no me gustaría quedar atrás.

—Léete este libro, muchacho —recomendó Olmedo—. Del capítulo 1 al 3.

Lalo Cartagena se encontró con un paisaje distinto al recorrer el patio central esa tarde. Los diálogos que otrora no hacían más que narrar proezas criminales, técnicas de lanzazos silenciosos y carteo efectivo, esta vez trataban sobre el ataque de un velocirraptor o las púas de un estegosaurio. Mientras eso ocurría en el patio, en la celda 15, Boticheli Hernández y el Picle reforzaban el esqueleto con alambres. Afirmaban los huesos con delicadeza extrema, casi con devoción.

—Cuando vean a Juan Cachantún Faiste, va a quedar la terrible cagá.

—Se van a caer de poto —dijo Boticheli con certeza absoluta.

—Quedé de mandarle una foto a mi cuñado —confesó el Picle—. Necesito ver quién me pasa una cámara, pero una cámara buena. Quiero mandarle una foto terrible de buena.

—¿Y dónde vas a conseguir una cámara aquí dentro?

—Tengo que ver pos, huevón, ¿no te estoy diciendo?

—Difícil. Recuerda cuando le confiscaron una hace tres años a Tito Vermú. Con el castigo que le dieron, nadie quiso saber nunca más de cámaras.

—Le dan terrible de color —dijo el Picle chasqueando los dedos—, como si fuera un arma la huevada.

—Es un arma.

—¡Cómo va a ser un arma!

—Es un arma de imágenes. Se darían a conocer las condiciones de mierda en las que vivimos y eso sería un cacho. Sería terrible, como dices tú.

—La gente vería las imágenes pero no las tomaría en cuenta. Son resquemores irreales.

—¿Resquemores?

—Resquemores, miedos, algo que no es la verdad.

—Una imagen vale más que mil palabras.

—Que valga más no significa que importa más.

—Que tú no le des importancia a nada, Picle, eso ya es un problema tuyo.

—¿Cómo es eso de que nada me importa? Adónde la viste.

—Eso parece, a veces.

El Picle bajó la vista.

—Chucha —dijo.

—Creo que los gorilones de la 24 tienen una cámara de fotos. Anda a pedírsela. Pero Picle... ten cuidado.

Yanclot Valdés cruzó la puerta. Miró el fósil.

—Este animal cada día está más hermoso —declaró—. Debiéramos abrir la exhibición ya, aunque Lalo propone que esperemos.

El interpelado ingresó a la celda en ese mismo instante.

—Exhibamos el dinosaurio —lanzó—. Ya es hora de que todos conozcan a Juan Cachantún Faiste.

27

El Picle ingresó a la celda 24 con cautela. Dos barbones de gordos bíceps hacían pesas levantando un fierro con dos tarros de pintura llenos de arena amarrados en sus extremos. Uno de ellos rugía como un oso al elevar la carga.

—¿Tienen una cámara fotográfica que me presten? —preguntó el Picle tímido.

Ambos lo miraron como si acabaran de descubrir a un intruso.

—¿Estás loco? —respondió uno de ellos—. Acuérdate de lo que le pasó a Tito Vermú. ¡El Perro Lillo casi lo mata!

—Se lo llevaron al subterráneo y le sacaron la cresta —respondió el otro con la mano extendida sobre su pecho—. Le hicieron tragarse el rollo fotográfico.

—Me conozco la historia —dijo el Picle mientras observaba abochornado cómo ambos se aplicaban aceite, mutuamente, en los músculos del torso para hacerlos brillar—. Pero ustedes suelen hacerse fotos frente al espejo y esas cosas. Todos lo saben.

—Ya no tenemos cámara, corazón —respondió el de los pectorales más pronunciados—. La vendimos.

—¿A quién?

—No, eso es un secreto. No se puede contar.

Mansopescao recorría el pasillo del tercer piso pegando carteles. Boticheli Hernández y Yanclot hacían lo propio en los pasillos 2 y 4 del mismo sector.

«¡Exhibición de dinosaurio fósil perfectamente conservado, celda 15!», gritaban una y otra vez como vendedores ambulantes de cuchuflí. El Picle había sido efectivamente vendedor de cuchuflí en sus tiempos mozos. De hecho, un violento altercado con un comerciante de alcachofas en una esquina fue usado como agravante en su causa por el fiscal. Aunque, según el mismo Picle, la culpa no la tuvo él ni el alcachofero sino un joven limpiador de parabrisas, que apareció en el lugar cuando el semáforo dio la luz roja. El asunto fue así: intentando limpiar el parabrisas de un auto a la fuerza, el muchacho logró que su conductor, que en ese momento se hallaba en medio de la compra de cinco alcachofas por luca, se indignara y desistiera de hacer el negocio. Como es lógico, el alcachofero se fue contra el limpiador y se armó la grande. El Picle entra en la mitad de la historia, antes de la llegada del limpiador de parabrisas; para ser más específicos: cuando el conductor intenta aclararle al vendedor de alcachofas que él no pidió alcachofas sino cuchuflís. En el momento que el muchacho limpiador de parabrisas irrumpe en la escena, alcachofero y cuchuflero ya estaban dándose de empujones. La pérdida del potencial cliente desvió la ira de ambos contra un frente común y al pobre limpiador de parabrisas le dieron con una furia inusitada; con la rabia que solamente puede albergar el corazón de dos vendedores callejeros de cuchuflí y alcachofas. La tunda propinada al muchacho fue presenciada con emoción por varios conductores y al dar la verde nadie quiso moverse. «¡Merecido lo tienes, infame!». «¡Peste de los semáforos!», gritaban algunos, otrora víctimas del ataque de uno de estos personajes que, sin preguntar antes, llegan y lanzan un sucio chorro de agua al vidrio, para luego exigir dinero. Raya para la suma, el muchacho quedó inconsciente. «Lo haría una y mil veces más si fuera necesario», dijo el comerciante de alcachofas al juez. La condena, para él, no fue exagerada pero en el caso de Justo Guzmán, el Picle, el hecho se sumó a otras tantas acusaciones. Eso lo tenía ahora cortando *tickets* en el frontis de la celda 15, intentando adivinar quién, al interior de la cárcel, podría tener la famosa cámara fotográfica que necesitaba.

La inauguración parecía que iba a ser un éxito. Esta vez la celda recibió a un gran número de internos que, sin objeción alguna, cancelaron los doscientos pesos respectivos al valor de la entrada. Lalo Cartagena, el guía designado, podía oler la expectación entre todos quienes esperaban ingresar.

—Vamos a entrar en grupos de a cuatro —señaló.

Los primeros en cruzar la puerta se momificaron al ver a Juan Cachantún Faiste. Parecía que sus ojos en cualquier momento saltaban de sus cuencas. Sus mandíbulas se aflojaron y el tono de la piel del rostro se les puso lechoso a todos por igual. Uno de ellos se desmayó. El Sanguinario Luis se tiró de rodillas al suelo llorando.

—No puede ser posible. ¡Esto es un tesoro!

—Un hadrosaurio, para ser más exactos —corrigió Lalo Cartagena.

—Fíjate en la forma del hocico —comentó el preso de más allá—. Realmente tenían hocico de pato…

—¿Cómo lo hicieron, Lalo? ¿Cómo lo trajeron hasta aquí?

—Se cuenta el milagro, no el santo.

—De todas formas que tiene que haber sido un santo el que lo trajo.

—Observen acá —dijo Lalo indicando una pared llena de pósteres—. Estas imágenes las hemos puesto a disposición de los visitantes. En ellas encontrarán toda la información referente a la criatura. Período en que vivió, alimentación…

Los presos observaban aún medio desconcertados, aunque llenos de emoción, lo que sabían era un inestimable vestigio de la historia del mundo. Jamás pensaron encontrar algo así en la celda 15. Grupos y grupos se fueron sucediendo y a las 19 horas la exhibición cerró.

—Mañana abriremos a las tres de la tarde —explicó Yanclot frente a la gran demanda de público en el pasillo.

Lalo se echó sobre uno de los colchones, estaba agotado. El Picle tomó asiento sobre un taburete y se dispuso a sacar cuentas. Las ganancias eran cuantiosas.

—Ha sido un éxito —comentó Yanclot Valdés con entusiasmo.

Puso a hervir agua para un café mientras observaba el cielo a través de la ventana de la celda. Intentaba adivinar los colores que el atardecer debía estar mostrando a la derecha de su posición. Un pensamiento volvió a invadir su cabeza: la propuesta de los hombres de don Chuma.

28

Sergio Lillo se detuvo frente a la secretaria. Pidió hablar con el alcaide.

—Pase.

Abrió la puerta despacio y la cerró tras de sí con igual delicadeza.

—¿Qué te trae por acá, Lillo? —consultó Gualdo Tapia, bajando sus pies descalzos de encima del escritorio.

Lillo se acercó observando el lugar. Siempre le pareció que se trataba de un despacho con absoluta carencia de glamur. Tres cuadros ornamentales con paisajes que parecían de plástico, uno de ellos bastante más descolorido, debido a su cercanía con la ventana, afirmaban esta idea.

—Alcaide, supe que van a venir a investigar sobre la muerte de don Chuma.

—Así mismo, pelado —respondió Gualdo Tapia—. ¿Te ofrezco un tecito?

—No, gracias. ¿Y sabe cuándo comenzará la investigación, alcaide? Sucede que los gendarmes estamos llenos de pega. Comprenderá usted que la intromisión de unos tipos de investigaciones en este momento, sabiendo además lo arrogantes que son estos pelotudos, no nos viene para nada bien. Aprovecho de preguntarle: ¿por qué tanta insistencia en investigar la muerte de Chuma siendo que aquí adentro muere tanto huevón sin pena ni gloria?

—Don Chuma, Lillo, era un reo muy especial, bien lo sabes. Y a mí me huele a que se lo echaron.

—¿Quién se lo iba a echar? Se murió de colitis, cagado de pies a cabeza, le guste a quien le guste.

—A veces la vida —reflexionó el alcaide poniéndose de pie y mirando a través del ventanal—, nos sorprende con sus decisiones arbitrarias, Lillo. En ocasiones nos saca lágrimas y en otras nos saca risas. A veces nos saca lágrimas de risa también. Pero en general, pequeño Lillo, en esta vida se ríe o se llora. Así de duro, tal como suena. Si lloramos es porque la vida así lo quiere, y si reímos es porque nos acordamos de un chiste, ponte tú. Y la vida no es más que eso, Lillo, un chiste. Un gran chiste que en vez de risa nos da tristeza y nos cagamos de pena. ¡Nos re cagamos de pena! Nos vamos a la chucha, Lillo, tú, yo. Todos.

De pronto el alcaide fijó su atención en la cancha del patio central. Había muchísimo menos movimiento que un día cualquiera.

—¿Qué pasa que hay tan poca gente en el patio, Bermúdez? —preguntó.

—No lo sé, alcaide —dijo el asistente que había estado todo el tiempo allí, en una esquina, pasando inadvertido.

—Algo raro hay —dijo Gualdo Tapia—. A ver Lillo, acompáñame.

Partieron ambos en dirección a las celdas del ala norte. A medida que se internaban en los sucios pasillos, Gualdo Tapia notó un extraño ánimo en el ambiente. Lo que en otras ocasiones no eran más que presos tirados en el suelo, escupiendo al piso o rayando líneas en el muro para contabilizar los días de permanencia al interior del penal, hoy parecía distinto. Varios de ellos conversaban entusiasmadamente en grupos de a cinco sobre un tema que suscitaba su discusión, otros leían en una esquina. Tres de ellos creaban, a punta de desechos, materiales inservibles y algo de pintura, un paisaje prehistórico sobre uno de los muros. Sergio Lillo miraba a su alrededor con suspicacia. Todos los reos parecían estar sumidos en sus propias inquietudes. Nadie notó su presencia por el lugar. La cantidad de internos agolpados en la puerta de la celda 15 les llamó poderosamente la atención.

—A ver, a ver —dijo Gualdo Tapia pasando por entre el tumulto—. Qué pasa aquí.

—Alcaide —indicó uno de los presos—. Si quiere ver el dinosaurio haga la cola como el resto, por favor.

—¿Cuál dinosaurio? —preguntó el alcaide ubicándose al final de la fila.

—¡Pero qué hace, alcaide! —reclamó Lillo—. Usted es el director, no le haga caso a estos huevones y entremos no más.

—Respetemos nuestro turno, Lillo. Respetar el turno nos convierte en grandes seres humanos, nunca lo olvides.

Sergio Lillo inhaló todo el aire que le cupo en sus pulmones, como si en el oxígeno encontrara la paciencia que buscaba.

—¿Y de qué se trata este cuento, oye? —preguntó Gualdo Tapia a Torniquete Fernández, uno de los presos que hacía la fila.

—Por doscientos pesos se puede ver en vivo al único fósil de hadrosaurio encontrado en nuestro país, alcaide. Es un hallazgo sin precedentes.

De todo lo dicho, Gualdo Tapia sólo entendió la frase doscientos pesos. Hizo un gesto afirmativo y esperó a que llegara su turno.

—¿Qué significa todo esto, alcaide? —preguntó Lillo bastante serio.

—Ya veremos pues, Lillo. Calma.

Entre *ticket* y *ticket* cortado, el Picle vio de pronto, al final de la fila, a Gualdo Tapia y a Lillo esperando ingresar a la exhibición.

—¡Muchachos! —gritó el Picle hacia el interior de la celda—. ¡Vienen el alcaide y el Perro Lillo!

—Que esperen su turno —dijo el Chusco, observando al dinosaurio por primera vez—. ¿Y esta bestia caminaba en dos patas...? —preguntó.

El Picle cerró la puerta justo cuando Yanclot se acercaba por la derecha del pasillo.

—Alcaide —saludó.

—Valdés —respondió Gualdo Tapia—. ¿Cómo te has portado?

—¿Viene a ver el dinosaurio, alcaide?

—Estamos esperando entrar para saber qué es lo que hay ahí, que tanto interés provoca.

Yanclot ingresó a la celda.

—Está Gualdo Tapia afuera —anunció.

—Ya lo sabemos —dijo Lalo Cartagena mientras señalaba la época del cretácico en la línea de tiempo dibujada en la pared.

—¿Qué vamos a decirle? —preguntó Boticheli Hernández sentado junto a la ventana—. Va a tapizarnos a preguntas.

Entonces el Picle abrió la puerta con timidez. Gualdo Tapia y Sergio Lillo hicieron ingreso saltándose la fila y recibiendo varios abucheos de parte de quienes esperaban entrar siguiendo las normas. El alcaide miró el enorme esqueleto con asombro. Lillo también quedó sorprendido con lo que de pronto tuvo frente a sus ojos.

—¿Y qué es esto? —preguntó el alcaide.

Todos se miraron sin saber qué responder. Lalo Cartagena sintió el deber de hablar. Mal que mal él era el guía de la muestra.

—Es un fósil, alcaide, un fósil de hadrosaurio.

—¿Y de dónde salió esta mansa cosa? —preguntó Gualdo Tapia muy serio—. ¿Cómo lo metieron aquí?

Volvieron a cruzarse las miradas de todos quienes permanecían al interior de la celda.

—Está hecho de arcilla —dijo Boticheli Hernández como quien lanza un salvavidas a una chica pataleando en mitad del océano—. Lo hicimos en una de las clases del taller de greda.

Gualdo Tapia miró a todos los presos directamente a sus pupilas. Miró a la criatura de nuevo. Su expresión inquisitiva comenzó a ablandarse.

—Les quedó flor flay —dijo por fin—. Los felicito.

A Sergio Lillo se le cayó la cara.

—Esto —señaló Yanclot—, es el fruto de sus esfuerzos, alcaide. Su taller de greda ha fomentado nuestra creatividad.

—Pero qué idiotez están diciendo —alegó Lillo—. Alcaide, estos gallos están tratando de burlarse de nosotros.

—Espera Lillo, espera, que me interesa saber la opinión de estos muchachos. Nuestro taller de greda ha descubierto verdaderos talentos al interior del penal. Los felicito, chiquillos, se merecen un aplauso.

—No, alcaide —dijo Yanclot—. Usted fue el gestor del taller, todos creemos que usted es quien se merece el aplauso.

Comenzaron a golpear las palmas volviendo la celda 15 en un lugar ensordecedor y hermoso a la vez. El alcaide sonreía con orgullo moviendo la mano derecha para que los aplausos cesaran. Lillo figuraba indignado, su rostro lucía rojo de impotencia.

—Sigan así, muchachos —cerró el alcaide retirándose entre aplausos—. ¡No cambien nunca!

Cuando la calma retornó, Boticheli Hernández carraspeó su garganta con fuerza.

—De nada —dijo.

29

—¡Pero alcaide, esto usted no lo puede permitir! —reclamó Lillo de vuelta en el despacho.

—A ver, Lillo, relajémonos —solicitó el alcaide—. Te ofrezco un tecito.

Lillo pescó la taza de mala gana. El alcaide vertió agua hirviendo en su interior.

—Pon esto debajo de la taza —recomendó Gualdo Tapia entregándole un libro—. Para que no se manche el escritorio.

Sergio Lillo lo cogió extrañado.

—Alcaide —continuó—, no podemos permitir que estos tipos tengan esa enorme estructura de huesos montada en la celda y que además cobren por verla.

¿Qué se creen, que están en un circo? Es una celda, alcaide, ¡una celda para presos!

Gualdo Tapia levantó un control remoto ancho y oscuro que estaba sobre el escritorio, parecía pertenecer a un equipo de música. Lo puso frente al gendarme y preguntó:

—Mira Lillo, ¿qué ves aquí?

Lillo suspiró.

—Un control remoto, alcaide —respondió sintiéndose un niño bobo bajo el manto autoritario del profesor jefe.

—Siempre tengo este control remoto aquí mismo, Lillo, sobre el escritorio. ¿Sabes por qué? Porque me recuerda que en esta cárcel yo debo tener el control. Si pierdo el control todo queda patas para arriba. Cada vez que tomo una decisión me siento aquí y observo este control remoto, a veces durante horas. Entonces me pregunto si estoy haciendo lo correcto.

—Alcaide, todavía no entiendo, qué tiene que ver eso con lo que estamos hablando.

—Déjalos que se entretengan, hombre, que hueveen con greda todo lo que quieran. No le hacen mal a nadie. Mejor eso a que hagan un escándalo o intenten fugarse, qué sé yo.

—Pero alcaide, eso que vimos no era greda. Ni siquiera parecía greda. Si es cierto lo que dicen y se trata de un fósil real, habría que ver entonces cómo fue que lo ingresaron, si es que lo ingresaron. ¿Sabe usted, alcaide, cómo se obtiene un fósil?

Gualdo Tapia lo quedó mirando fijamente.

—¿Cómo?

—De la tierra, alcaide, escarbando la tierra. Eso podría significar que en alguna parte de la cárcel estos tipos hicieron un hoyo, un túnel.

Gualdo Tapia movió la cabeza hacia los lados con una sonrisa.

—No pierdas el control, Lillo, estás muy paranoico. Tómate el día, anda a descansar y relájate. La muerte de don Chuma nos tiene a todos medios nerviosos.

—¡Esto no tiene nada que ver con don Chuma, alcaide! —gritó Lillo—. Me importa un rábano que Chuma se haya muerto. Lo que intento exponer es un asunto disciplinario de los internos.

—Pero cuál es el problema, Lillo —dijo el gendarme Quiroga irrumpiendo en la oficina—. Los presos se distraen, aprenden, se interesan por otros temas. Ojalá en todas las celdas hubiera siempre una exposición de algo. Sería lindísimo.

Sergio Lillo lo miró con la rabia estallándole en las pupilas.

—Alcaide —anunció Quiroga—. Llamaron de investigaciones, les dije que usted se comunicaría con ellos más tarde.

—Gracias oye. Bueno, Lillo, tómate el día. Anda a relajarte y vuelve el jueves, ¿te parece?

Sergio Lillo se puso de pie.

—Permiso —dijo ásperamente y salió de la oficina.

Minutos antes del comienzo del taller de greda, el profesor se disponía a dejar sus materiales en la sala.

De pronto sintió que alguien lo agarraba del cuello y lo empujaba violentamente hacia el interior.

—¡Siéntate conchatumadre!

El hombre cayó sobre una silla, una bofetada le despeinó el cabello y dos manos lo cogieron con brusquedad obligándolo a permanecer inmóvil. La luz del techo se encendió. En una silla frente a él vio a Yanclot Valdés. Justo Guzmán, el Picle, y Boticheli Hernández tenían sus manos sobre sus hombros, muy cerca del cuello.

—Profesor, quisiera hablar una palabrita con usted —señaló Yanclot.

El hombre no dijo nada, solamente asintió con los ojos saltándole del rostro y el sudor corriéndole por las patillas.

—Puede ser —continuó Yanclot—, y dejo muy en claro el "puede", que el alcaide le consulte por una enorme figura en greda que se encuentra al interior de la celda 15. Una figura en greda que, por supuesto, no está hecha de greda, pero todos queremos creer, especialmente el alcaide, que sí lo está. Es más, queremos creer que usted, como profesor del taller de greda, nos ha pedido modelar esta figura, ¿me entiende?

Boticheli Hernández le oprimió con fuerza el trapecio. El hombre hizo una mueca de dolor y dijo:

—Muy bien, muy bien, pero... ¿puedo saber qué es?

—Un dinosaurio —respondió Yanclot.

El joven profesor puso cara de asombro.

—¿Y es posible verlo? —preguntó bajando la voz.

—La entrada cuesta doscientos pesos —agregó el Picle con tono amenazador.

—Claro que es posible —comentó Yanclot—. Vaya cuando quiera. Sólo necesitábamos aclarar este punto. De más está decirle que ninguno de nosotros ha venido aquí y que tampoco hemos tenido esta conversación, profesor.

Finalizó poniéndose de pie y volviendo la silla a su lugar. Boticheli Hernández y el Picle dejaron de presionar los hombros del docente. Cuando los tres salían de la sala, Boticheli notó que ya casi estaban sobre la hora.

—Picle, nosotros debiéramos quedarnos. El taller de greda está por comenzar.

—Tienes razón.

Ambos se volvieron y tomaron asiento en los pupitres frente al todavía conmocionado docente.

—¿Qué haremos hoy, profesor?

30

Yanclot Valdés observaba a través de los barrotes de su celda un rincón particular del patio, donde el muro central colindaba con el perpendicular. En esa esquina se erigía un solitario banquito. Sobre ese banquito, Lalo Cartagena permanecía estático mirando a Guillermo, como si su vista pudiera atravesar el muro y sus pupilas se colmaran del verde que, suponía, teñirían los campos del otro lado. Lalo pensaba en Úrsula. Qué orgullosa hubiera estado en otro tiempo al conocer su increíble hallazgo. Casi podía sentir su emoción desbordante, su alegría cierta. Yanclot lo contemplaba desde la ventana. Le parecía un ser profundamente atormentado. Nadie sabía muy bien cómo es que Lalo terminó en la cárcel. Él sí, por lo menos sabía algo más que el resto. Que llegó a la cárcel por haber cometido un crimen accidental, de esos en que el arma se dispara sin más razón que porque el diablo así lo quiere. Cultura popular lo del diablo, dicen algunos. Pero Yanclot sabía muy bien que el diablo existía y que vivía en las armas de fuego. Lo supo la primera vez que tuvo una pistola en sus manos. A partir de ese momento nunca más pudo separarse de ellas. Como si del mismo armazón hubieran surgido de pronto unos dedos largos, rojos y enjutos que le cogieron de la muñeca y no le soltaron más.

Un sonido en la puerta lo sacó de sus cavilaciones. El Guatón Delgado ingresó caminando lento.

—Hablé con el Chusco —anunció.

Yanclot tomó asiento sobre lo que alguna vez fue un cajón de bebidas.

—¿Con el Chusco? ¿Y qué te dijo el Chusco? —preguntó.

—Me contó la propuesta que te hicieron.

Yanclot le clavó los ojos y echó un vistazo también en dirección al pasillo.

—¿Y qué te parece a ti? —preguntó bajando la voz.

—Que pasarías por encima de Ganzúa Jiménez y que eso no va a ser nada bueno.

—Y si digo que no, quedo en lista negra para siempre.

—Si dices que sí, te echas a Ganzúa y a todos encima.

—Pero tendría a los hombres de Chumita de mi lado, y entre Ganzúa y Chumita… no hay donde perderse. Ganzúa Jiménez despierta mucho odio aquí adentro. Es un odio solapado, nadie lo dice, pero espérate a que quede la escoba y haya que manifestarse a favor o en contra. Te aseguro que a Ganzúa le dan la espalda.

—Pero te acusarían de sucio —señaló Delgado—. Y un sucio aquí dentro no dura un mes.

—Lo tengo muy claro y por lo mismo no he dicho nada. Pero aquí va a quedar la grande, Guatón. Si no soy yo, va a ser otro. Los hombres de Chuma no van a permitir el ascenso de Ganzúa, ya está dicho. No van a entregarle el poder al asesino del Burro Guajardo.

En la celda 15, el gendarme Quiroga miraba al dinosaurio con fascinación.

—Esto es increíble —declaró.

Boticheli Hernández, que suplía a Lalo en las tareas de exhibición esa tarde, explicaba al detalle las diversas teorías que existían respecto al cráneo del animal. Sobre todo la formación ósea que salía desde su nuca como un largo cuerno romo.

—Posiblemente era usado como un sistema para hacer sonidos, ya sabe… para atraer a las minas.

—Asombroso —respondió Quiroga recorriendo con la vista toda la estructura.

Tito Vermú ingresó a la celda a toda velocidad.

—¡La clase de Olmedo va a empezar!

—Pero si aún falta una hora —respondió Boticheli indicando el reloj.

—La adelantó —explicó Tito—. Tiene que ir al médico porque se agarró un resfrío.

—¿Vamos a la clase, gendarme? —invitó Boticheli a Quiroga—. Le aseguro que le va a gustar.

Olmedo apagó la luz y tomó asiento junto al proyector encendido. El calor que emanaba del aparato le hacía olvidar, un poco, el frío que padecía diariamente en esa biblioteca. Le extrañó que Lalo Cartagena no estuviera junto a él ese día, pero ya era hora de comenzar.

La proyección mostró a un pequeño simio.

—Hoy partiremos con la evolución del hombre —explicó Olmedo.

—Profesor... —preguntó uno de los reos—. ¿Cuándo pasaremos el origen de la vida en la Tierra? La otra noche, después de que nos habló de esos peces con patas, no pude pegar un ojo.

—Ya retomaremos —explicó Olmedo—, ya retomaremos. Pero primero me interesa que veamos el origen del hombre desde la musaraña, este pequeño mamífero que voy a mostrarles aquí.

El gendarme Quiroga estaba asombrado. Jamás, en toda su vida, se hizo una pregunta ni siquiera cercana al origen del hombre. Era posible que en los más hondo de su mente supiera que el hombre siempre estuvo donde mismo.

Olmedo parecía particularmente entusiasta con el tema de la clase. Habló de los primeros seres humanos mostrando imágenes que describían cómo la postura corporal fue tornándose bípeda. Hubo un momento especialmente gracioso: alguien se dio cuenta que los rostros de cada cavernícola que iba apareciendo se asemejaba a alguno de los convictos al interior del penal.

—¡Es igual a Cogotero!

—¡Ese es el Picle!

—¡Puta que está cagado Tito Vermú!

Otro momento de profunda revelación ocurrió cuando Olmedo explicaba las pinturas rupestres halladas al interior de las cavernas en Europa. Guardaban cierta similitud con los dibujos que ellos mismos hacían en las paredes de sus celdas, aunque estos últimos eran muchísimo más feos en comparación. Horribles era el calificativo preciso. Una escena de hombres mono agarrándose a palos por un trozo de carne mostraba escasas diferencias con una riña en el patio central un día cualquiera. Varios se sintieron avergonzados.

Terminada la clase, Quiroga se acercó al profe Olmedo para agradecerle con sinceridad los conocimientos compartidos.

—Esperamos seguir viéndolo en clases, gendarme.

—Profe —interrumpió el Picle, que no había alcanzado a llegar a la hora—. ¿No vio a Lalo?

—No, Picle. No vino hoy.

Boticheli se percató del bulto que el Picle cargaba en una de sus manos: una cámara fotográfica.

—¿Y esto, Picle? No me digas que finalmente los musculines te prestaron la cámara. ¿Cómo lo hiciste?

El Picle ignoró la pregunta. Levantó el aparato y oprimió el disparador. El *flash* enceguyeció a todos los presentes.

Cerca de la medianoche, Lalo Cartagena ingresó a la celda 15. En el más completo silencio se recostó en uno de los colchones apilados contra la pared.

Cubrió su cuerpo con una frazada y se durmió inmediatamente. Ni Boticheli ni el Picle, que estaban durmiendo allí, lo vieron llegar.

31

A las doce del día del domingo, Galvarino cruzó la puerta hacia el patio.

—Viene tu sobrino, Picle —anunció Boticheli acercando un cajón de madera al lugar donde estaban todos.

—Le mandé las fotos de Juan Cachantún Faiste a Marcelo —contó orgulloso el Picle—. Veremos qué le han suscitado.

—¿Suscitado? —preguntó Boticheli.

—Si le han parecido buenas, a eso me refiero.

Boticheli permaneció un buen rato con un signo de interrogación tatuado en el rostro. Galvarino se acercó al grupo, saludó y procedió a leer la carta enviada por el cuñado del Picle. En ella, Marcelo relataba el impacto que le causaron las fotografías del dinosaurio. De inmediato le escribió al director de un prestigioso museo en Londres. Contó que el hombre no podía creer lo que un par de presos habían encontrado y que se alistaba para venir, cuanto antes, a ver el fósil con sus propios ojos.

—Tenemos que abrir la muestra al público —dijo Lalo Cartagena con la mirada perdida.

—¿A qué te refieres con la palabra público, Lalo? —preguntó Boticheli.

—Al público, a la gente. A toda la gente. Es nuestro deber.

—¿Cómo vamos a hacer eso? Nunca van a permitirlo.

—Quizás yo pueda convencer al alcaide —comentó Lalo.

Ese mismo día en la tarde, Lalo Cartagena se apersonó en la oficina de Gualdo Tapia para plantearle la inquietud.

—Usted sabe, alcaide, que todo lo que yo le he propuesto ha sido llevado a cabo con responsabilidad y ha dado buenos resultados. Las clases congregan a una enorme cantidad de alumnos semana a semana y hasta el gendarme Quiroga ha asistido.

—A ver, Cartagena... —dijo Gualdo Tapia—. ¿Qué es lo que quieres?

—Nos gustaría mostrar el dinosaurio al público general, alcaide, no sólo a los presos.

—¿A la gente, dices tú...? ¿A la gente que viene a ver a sus familiares los domingos?

—Por ejemplo.

—No, no, no… ¿tú estás loco? Quedaría la escoba. ¿O no, Bermúdez? —dijo mirando hacia una esquina.

—La escoba, alcaide.

—Pero alcaide, piénselo así —insistió Lalo—. Hacemos pasar a la gente en grupos de a cuatro, de manera ordenada, cobramos el *ticket*, usted se lleva una comisión. Sería una actividad cultural sin precedentes en ninguna cárcel del mundo. Le brindaría mucha notoriedad.

Esta última parte pareció gustarle más a Gualdo Tapia. Enfrentó yema con yema los dedos de ambas manos y miró al horizonte pensando en lo que acababa de oír. Su cárcel se haría famosa. Fantaseó con la imagen de cientos de criminales peleándose por cumplir sus condenas allí.

—Déjame pensarlo —dijo.

A esa misma hora, un gran número de convictos se hallaban reunidos en el patio central. Conversaban sentados en el suelo al tiempo que compartían un mate que ya daba la vuelta completa.

—El salto que los monos se pegaron para pasar de monos a humanos no fue el uso de las herramientas, Tito, adónde la viste —comentó Mansopescao—. Fue cuando bajaron de los árboles y se tomaron el suelo.

—No estoy de acuerdo —contrarrestó Tito Vermú—. Si hubiéramos bajado al suelo sin desarrollar herramientas nuestros cerebros seguirían del porte de un maní, huevón. Seríamos monos terrestres, eso no más.

—Tito tiene razón, compadre —opinó el preso junto a él—. Lo que perfetcionó al mono...

—Perfeccionó —corrigió Cogotero Araya—. De «perfeccionar».

—Eso, perfeccionó. Lo que perfeccionó al mono y lo convirtió en hombre fueron las herramientas.

—Pero hay caleta de otros animales que también hacen herramientas —prosiguió Mansopescao—. La otra vez leí que el chimpancé usa las piedras como martillo, pero sigue siendo el mismo chimpancé cagón desde que el mundo es mundo. La nutria de mar también usa herramientas.

—Yo estoy con Mansopescao —comentó Torniquete Fernández pasando el mate a su compañero—. La creación de herramientas fue parte importante del cuento, pero fue por necesidad. Fue una salida. La conquista del suelo tuvo que ver con tomar una decisión. Es cierto que había mucho suelo, pero en los árboles siguió habiendo monos. ¿O me van a decir que no? Bajarse al suelo fue como un deber, la primera decisión del humano. Ahí aparece el rollo del bien y el mal, de una. Y ahí el mono cacha que es mejor tomar el camino del humano.

Alguien encendió un cigarrillo, le dio una bocanada y comenzó a pasarlo de uno en uno a todos los presentes.

—Yo no estoy tan seguro sobre eso del bien y el mal —señaló Cogotero Araya—. La decisión de bajarse del árbol es como una huevada práctica. ¿Qué es más útil, bajar o quedarse arriba? No es ni bueno ni malo. En la última clase, Olmedo explicó que en el suelo se encontraban otros depredadores. Eso no fue bueno.

—Bueno para los depredadores —agregó Tito Vermú.

—En ese momento no hay bien ni mal —dijo Mansopescao—. No se han inventado los conceptos así que ninguna decisión es buena o mala. Todas son buenas. Además, ¿qué es lo bueno y qué es lo malo?

—Es que ahí está la cosa —aclaró Tito—. El bien y el mal, antes de ser racional, es algo que se siente. Ese mono encaramado al árbol no sabe si es bueno o malo bajar al suelo, solo siente que debe hacerlo y lo hace. El mono lo hace de buena fe, es su naturaleza. La maldad es después, cabros, llega con la razón, es aprendida. Todos los que estamos aquí la tenemos bien clara de por qué estamos aquí, no nos hagamos los huevones. Pero también fuimos buenos alguna vez. Ningún niño sale de la guata de la mamá encañonando al doctor. La delincuencia es algo que decidimos aprender, o fueron las circunstancias de la vida, dirán los más cobardes, pero no venía con nosotros cuando nacimos, de eso estoy seguro.

Se generó un profundo silencio entre los presentes, como si de pronto una verdad con el peso de un fuste hubiera caído sobre los hombros de todos a la vez.

—Tenía cerca de diez años cuando asalté mi primera casa —dijo uno de los presos—. Era una familia de las Condes. Los amarramos a todos y yo tenía que apuntarles con la pistola. Era mi primer asalto. En el barrio el primer asalto era considerado un paso importante. Estábamos ahí y uno de los cabros, un niño un poco mayor que yo, intentó desatarse. A mí me tenían encargado de vigilarlos, así que me subí encima y comencé a darle con la pistola en la cabeza. Tenía rabia. Pero ahora me doy cuenta que la rabia no era con él, era contra los demás, contra la vida, contra todo. Tuvieron que venir a detenerme o hubiera seguido machacándole la cabeza durante horas al loco. Ni siquiera sé si sobrevivió o no. Ese mismo día, sentado en un paradero de micro, me dieron ganas de llorar. Se me apretó la garganta. No sabía por qué tenía esas ganas mariconas de llorar. Sentí que era un maricón, que no servía, que nunca iba a lograr nada… ¡y tenía diez años, huevón! Me acuerdo haber pensado entonces que no quería matar a nadie. Pero era lo que tenía que hacer, todos lo hacían. Esto me hace pensar en lo que dice Tito. Quizás no supiera la definición de lo bueno y lo malo, pero les juro que en ese momento sabía que lo que había hecho era malo.

—Yo todavía me acuerdo la cara del viejo que asalté en el paseo Ahumada la primera vez —comentó el Picle—. No quería pasarme la billetera así que le metí un cuchillazo en las tripas. Quedé mal. Durante varios días estuve mal. Me dio hasta fiebre.

—A mí me pasó algo parecido —dijo Mansopescao—. A los doce me obligaron a cometer el primer robo con intimidación, no fue nada fácil. Asalté a unos cabros que estaban pololeando en una plaza, tirados en el pasto. Les quité las mochilas, la plata, los celulares. Los amenacé, estaban cagados de susto. Sentí como si a partir de ese momento algo que siempre estuvo encendido dentro de mí se apagara. Y era mejor cuando estaba encendido.

—Bajamos de los árboles a cometer puras barbaridades —dijo Tito Vermú—. ¿Se dan cuenta todo lo que la evolución logró para que nosotros termináramos así, en esta mierda?

—¡En qué nos convertimos! —exclamó el Picle—. Somos bostas humanas.

Se produjo un largo silencio. Algunos sollozaron, otros daban palmaditas en la espalda para calmar a los más afectados.

—Debiéramos juntarnos a conversar más de estas cosas, muchachos —propuso Cogotero Araya secándose las lágrimas que emergían de la comisura de sus ojos—. Como que uno se libera cuando las habla.

—Es mucho mejor que hacer torneos de gallitos —agregó Torniquete Fernández—, o meterse fierros bajo la piel para matar el tiempo, ¿no les parece?

Gualdo Tapia caminaba por el pasillo del segundo piso tarareando una melodía fácil. Al pasar por uno de los ventanales que daban al patio central se sorprendió al ver a esa enorme cantidad de presos sentados en mitad de la cancha. Más sorprendido estuvo al notar la melancolía que los embargaba. La escena lo conmovió.

—La muerte de don Chuma les ha pegado mucho más fuerte de lo que me había imaginado —dijo.

Rápidamente bajó al piso 1 y golpeó la celda 15. Lalo Cartagena abrió del otro lado con cara de haber estado durmiendo.

—Ya, mira —dijo el alcaide—. Se aprueba tu idea, abramos la exposición al público. Todo sea para subirle el ánimo a los muchachos. Me parte el corazón verlos así.

Lalo no entendió muy bien pero se mostró de acuerdo.

32

La prueba piloto de la exhibición de Juan Ca-chantún Faiste al público se llevó a cabo con la visita de la familia Galindo. Boticheli Hernández fue quien les guio hasta la celda 15.

—Queridos amigos, lo que ustedes verán a con-tinuación —advirtió— no tiene comparación alguna con nada que hayan visto en ningún otro museo de este país.

—Y un museo ¿qué vendría a ser? —preguntó uno de los Galindo.

El día anterior, Gualdo Tapia mandó a pintar las paredes del primer piso y estucar las zonas donde reina-ban los hoyos de concreto más notorios. Hasta contrató a una compañía para que alfombrara el suelo y colgara algunos cuadros. Todo esto se hizo desde la entrada hasta la celda 15 solamente. La pintura, de hecho, terminaba justo en el linde entre la celda 15 y la 16. «Ya arreglaremos todos los pasillos», mentía Gualdo Tapia, «mientras tanto conformémonos con la zona que va a estar abierta al público».

A Lalo Cartagena le parecía curioso que, de todos los visitantes, los únicos que se sorprendían con el dinosaurio eran los niños. Miraban con ojos enormes, escuchaban las explicaciones con atención y hacían diversas preguntas. Los adultos en cambio se notaban inquietos, se miraban entre ellos, miraban sus relojes o escarbaban alguna zona de su cuerpo.

Lalo acudió a la celda 21. Asomó su cabeza con cuidado y empujó la puerta con suavidad. Cinco presos leían silenciosamente en su interior recostados sobre cojines vetustos. Tito Vermú sacó sus ojos de *La Iliada* y los fijó en Lalo.

—Disculpa Tito. Busco a Yanclot.

—En la biblioteca.

Lalo Cartagena entró a la biblioteca y vio a Yanclot Valdés compartiendo un café con el profe Olmedo. Hablaban sobre historia universal, según lo que Lalo pudo captar.

—Como son las cosas, Lalo ¿ah? —comentó Yanclot integrándolo a la charla—. A los veinte años yo estaba cometiendo mi primer asalto bancario y Alejandro Magno ya era rey de Macedonia.

Olmedo sirvió café en una tacita amarilla.

—¿Qué posibilidades habría de hacer una cátedra abierta a todo público, profesor? —preguntó Lalo Cartagena.

—¿A todo público?

—Los días domingo. No es mucho dinero el que recaudaríamos pero podríamos destinar una parte para reparar la calefacción de la biblioteca.

Olmedo miró a Yanclot como considerando seriamente la propuesta.

—No es una mala idea, profesor —declaró Yanclot—. Sería una gran labor social.

—Si lo hacemos en un sector del patio —propuso Lalo—, le aseguro que Gualdo Tapia estará de acuerdo.

El domingo siguiente, los familiares que ingresaban se sorprendieron al notar que a un costado del patio central se había montado un proscenio flanqueado por numerosas sillas. Los mismos presos les invitaron a tomar asiento. Al frente de ellos, Olmedo preparaba el proyector. Gualdo Tapia, con el pecho inflado, miraba la escena desde su ventana.

—Pero qué lindo momento este, ¿no, Bermúdez?

—Muy lindo, alcaide —opinó con honestidad el asistente.

—Anótame en la agenda comprar mejores sillas, mira que las que tenemos ya están jubilándose.

Tres golpes secos en la puerta del despacho interrumpieron la conversación.

—Adelante —dijo el alcaide.

El Perro Lillo ingresó con el rostro rojo de ira. Parecía que cada día el rojo se le acentuaba un poco más.

—Alcaide: ¿qué está pasando en el patio, me puede explicar? —inquirió furioso.

—A ver, Lillo, primero relájate. Toma asiento y dime, ¿cuál es tu problema con que el roto aprenda? Mira, estos picantes nunca en su vida han tenido la posibilidad de aprender algo. Y si nosotros como cárcel podemos aportar un granito de arena, ¿por qué no hacerlo? Mira por aquí por la ventana, toda esa gente tomando asiento… ¿no te parece algo lindo? ¡Con suerte esos huevones han abierto un libro en toda su vida!

—¿Y usted, alcaide? ¿Ha abierto un libro alguna vez?

—Abierto sí, Lillo, varios libros he abierto.

—Alcaide, me refiero a que ese no es nuestro deber. Los presos están aquí para pagar por sus crímenes, no para aprender. Si aprenden va a ser peor. Van a salir inteligentes de la cárcel, van a ser homicidas altamente preparados.

—Mira Lillo, en este país lo urgente es combatir la ignorancia. Este país, Lillo, tiene que educarse en todo sentido. Si este país se educa todos tiramos para arriba.

—Esta cárcel se va a transformar en un criadero de delincuentes muchísimo más peligrosos que los que hay, alcaide.

Gualdo Tapia soltó una risita burlona. Estiró el brazo y cogió el control remoto que tenía sobre una esquina del escritorio. Lo acercó.

—Mira Lillo, dime qué ves aquí…

Lillo subió la vista al cielo.

En el patio central las sillas estaban todas ocupadas. El público miraba hacia el escenario con intriga. Olmedo comenzó la clase mostrando unas diapositivas y haciendo una síntesis general de lo que ocurría en la Tierra antes de que existiera el ser humano. Cuando llegó a los dinosaurios, el entusiasmo se apoderó notoriamente de todos los presos. Explicó que la evidencia fósil demostraba la existencia de estos gigantescos reptiles y que la ciencia había logrado definirlos con gran exactitud.

—Este que ven aquí —dijo a continuación—, pertenece a la familia hadrosáurida. La característica principal de los hadrosaurios es su hocico con forma de pico de pato. Se alimentaban de vegetales.

Los niños eran los más atentos. Sentados a los pies del escenario, sus rostros describían sinceras expresiones de absorto.

—Y ahora viene la parte más interesante: esta es una de las pocas cárceles del mundo que cuenta con un fósil completo de este animal. A continuación, el guía los conducirá a la sala respectiva.

Lalo y Yanclot se acercaron:

—Vamos a formar grupos de a cuatro personas —explicó Yanclot—. Lalo Cartagena les guiará

—Por aquí —dijo Lalo.

El primer grupo ingresó en el pasillo admirando la pulcritud de las paredes pintadas y la alfombra perfectamente dispuesta hasta la celda 15. Los cuadros brindaban al lugar un aire acogedor. En la entrada de la celda 15, a un costado, el Picle aguardaba sentado frente a una mesa para cobrar el importe del boleto:

—La tarifa es quinientos pesos por persona —dijo muy serio.

Sobre su cabeza, un gorro señalaba "boletería" con vistosas letras azules.

—Alcaide: ¿puedo hablarle un temita en privado? —preguntó Lillo mirando al impasible Bermúdez sentado en una silla más allá.

Gualdo Tapia hizo un ademán breve y el asistente salió del despacho con rapidez.

—Alcaide, sobre la investigación del Chuma: no creo que llevar a cabo esa indagación sea una muy buena idea.

—Ya no puedo echar pie atrás, Lillo. La investigación se va a hacer sí o sí, los internos así lo piden. No puedo arriesgarme a que hagan una huelga aquí adentro.

—¿Una huelga, alcaide?

—Imagínate que todos los presos se voten a huelga, la rueda simplemente dejaría de girar.

—¿Qué rueda, alcaide?

—La rueda pues, Lillo, la rueda. En todas partes hay ruedas y las ruedas deben girar. No lo digo yo, lo dicen los expertos en estos temas, gente que estudia en otros países. La rueda es la base de la sociedad moderna ¿Qué acaso no lo sabes...?, ¿en qué colegio estudiaste?

—Alcaide: ¿recuerda sus reuniones con Chuma los viernes aquí en su oficina, fumando tabaco importado y tomando *whisky*?

—*Whisky* etiqueta negra Lillo, demórate un poquito más.

—Y esas chicas que venían a bailar y a…

—A ver, Lillo, qué es lo que estás queriendo decir.

—Lo que quiero avisarle, alcaide, es que cuando Investigaciones se deje caer aquí, van a descubrir todo lo que acabo de nombrarle y más. Digamos que no va a ser muy bien visto que el alcaide haya estado compartiendo *whisky* y mujerzuelas con el preso más peligroso de la cárcel. Podría costarle el puesto.

Gualdo Tapia se puso serio. Comenzó a repasar lo que Lillo le acababa de decir. Al parecer no era muy buena idea que vinieran a investigar, reflexionó en silencio. Tampoco era buena idea arriesgar su posición laboral. De hecho, esta última era derechamente una mala idea. Pensó en su familia, los regaños de su mujer, cómo iba a mantener la casa, cómo iba a pagar el colegio de su pequeño hijo Arnoldo y cómo iba a poder continuar con su más celosa afición: la colección de controles remoto. Hace años que cultivaba ese pasatiempo. En su casa, particularmente en la pared del fondo de su *living*, Gualdo Tapia conservaba cerca de trescientos controles remotos de los más diversos aparatos electrónicos imaginables. Pequeños, grandes, nuevos, viejos, redondos, alargados, oscuros, colorinches, con el botón de encendido en rojo, verde, amarillo, azul. No era una colección que destacara por su belleza pero al detenerse frente a esa pared era imposible no sorprenderse por la enorme variedad de controles remotos existentes y por el asombroso mal gusto de quien los atesoraba, habiendo tantos otros objetos coleccionables de mejor vista. Varias peleas matrimoniales le llevó a Gualdo Tapia proteger su colección. Muchas veces compró costosos aparatos televisivos sólo para guardar el control remoto. Ocultando estas carísimas compras, en varias ocasiones Gualdo Tapia regaló televisores nuevos a los presos con mejor comportamiento. Dicha situación encendió la mecha del famoso motín de 1999. Ese año un convicto, el enorme Puñal Campusano, estalló en descontrol debido al esfuerzo que le significaba acercarse al televisor cada vez que quería cambiar de canal. Se sulfuró, no pudo más. Arremetió contra sus dos compañeros de habitación, dándoles inmediata muerte por estrangulamiento. Salió de su celda convertido en una fiera iracunda atacando a quien se le cruzara por delante y el caos se apoderó de la galería 3 de la cárcel. Gualdo Tapia, adivinando el motivo de la ira de Puñal Campusano, ordenó a todos los gendarmes salir de las galerías y aislar la sección cerrando los accesos. Estalló el caos irracional. Todos se fueron contra todos. Muchos presos murieron y a la mañana siguiente la cárcel entera se amotinó en son de protesta. Tuvieron que venir las fuerzas especiales de la policía a controlar el asunto.

—Tienes razón, Lillo —dijo el alcaide todavía nadando en sus reminiscencias—. Quizás una investigación no es lo más apropiado en este momento.

33

Bosco Garibaldi llevaba diez años fuera de la cárcel. En el mundo del hampa su nombre estaba estrechamente ligado a Los Pata de Fierro, una banda dedicada al robo de cajeros automáticos. Famosos por su meticuloso proceder, Los Pata de Fierro tenían a la policía dándose de cabezazos contra el muro hacía buen tiempo. Una de las razones principales, acaso la causante de los cabezazos más violentos, era su facilidad para no dejar rastro. Esa noche los cinco integrantes de la banda aguardaban sentados en círculo sobre unos vetustos sillones, al interior de un taller mecánico en avenida 10 de julio. El olor a cigarrillo se mezclaba con el del aceite de motor e impregnaba de inmediato las ropas de quien cruzara la roñosa puerta. Esperaban impacientes la llegada de Bosco Garibaldi para dar curso a la planificación del nuevo asalto. Cerca de la medianoche, Bosco llegó por fin. Traía una expresión opaca estampada en el semblante.

—¡Qué chucha te pasó culiado! —vociferó uno de los ladrones—. Ya estábamos pensando que íbamos a tener que robar el cajero nosotros solos.

Bosco Garibaldi no pronunció una palabra. Con absoluta calma tomó asiento en uno de los sillones. Parecía ensimismado.

—Muchachos —dijo—, no sé bien cómo decirles esto.

Los presentes cruzaron miradas sin entender qué es lo que estaba pasando.

—Hace un tiempo —continuó— he comenzado a sentir un vacío respecto al rumbo que ha tomado mi vida en los últimos años. Como saben, ya tengo cincuenta y no me gustaría seguir desperdiciando el poco tiempo que me queda en este mundo. Me he dado cuenta que tengo muchísimas inquietudes e intereses bastante opuestos al robo de cajeros automáticos. Este último mes he estado observando las estrellas en el cielo, pensando en el universo, en el misterio de la vida, en nuestra misión como seres humanos. No tiré una sola línea en cuanto a la planificación del nuevo robo y es que ya no me interesa. Mi cabeza está en algo distinto. Espero que logren entender mi decisión. Les deseo la mejor de las suertes.

Se puso de pie y salió por la misma puerta sucia que usó al ingresar. Otra puerta no tenía el taller. Los cinco hombres permanecieron momificados. La combustión en el papel de sus cigarrillos dejó de avanzar.

—Es por la cana —dijo uno, intentando aclarar lo que sucedía—. Bosco tiene un hermano preso y lo visita siempre.

—¿Y eso qué tiene que ver? —preguntó el de la pantimedia arrugada sobre la cabeza.

—Es que algo parecido le ocurrió a mi primo Pirincho —continuó explicando—. Todos los domingos, Pirincho va a la cárcel a ver a un amigo suyo que está condenado a diez años por secuestro. No sé qué es lo que pasa allá, pero desde que Pirincho va a la cárcel es otra persona. Hasta habla distinto.

Cada vez era más gente la que se agolpaba frente a la puerta principal el día domingo. Todos querían ir a la cárcel. La cátedra de Olmedo repletaba el patio central de punta a punta. Las visitas guiadas a las osamentas de Juan Cachantún Faiste, ampliamente superadas por la demanda, requirieron la capacitación de dos guías adicionales: Mansopescao y Tito Vermú. Este último, al principio, se paralizaba de los nervios, sobre todo al ser bombardeado por preguntas difíciles. Aquello hizo que se dedicara todas las noches a estudiar concienzudamente la teoría de la evolución de Darwin. En unas pocas semanas, y con el para nada despreciable tiempo libre con el que contaba, Tito se transformó en un experto del tema.

El cuñado del Picle, Marcelo, profesor de historia, arribó un domingo a la cárcel seducido por la curiosidad. Necesitaba ver el dinosaurio con sus propios ojos.

—¡Marcelo! —gritó el Picle elevando los brazos—. ¡Pero qué deleitosa sorpresa, hombre! ¿Cómo has permanecido? Tanto período sin verte...

Marcelo saludó con una expresión de extrañeza pegada al rostro.

—¿Y mi hermana? —continuó el Picle—. ¿No trajiste a ninguno de tus descendientes?

—Ehm... no pudieron venir —respondió Marcelo incómodo—. Lo único que quieren es venir pero... tuvimos algunos inconvenientes.

—La pecera, ¿no? —dijo el Picle.

—¡Exacto! La pecera —comentó Marcelo como quien ataja una pelota en el aire—. Ayer falleció Pepe, uno de los pececitos. Para qué te cuento el problema que eso nos acarreó.

—Me lo imagino.

—Tanto tiempo sin vernos, Justo. Estás bastante... cambiado.

—El tiempo transcurre y todos transcurrimos con él —respondió el Picle—. Bueno, dejémonos de discursos y acompáñame. Voy a llevarte a la sala de exhibición.

Ambos caminaron por el pasillo hasta la celda 15, o Sala 15, como le llamaban ahora, y esperaron unos minutos a que el grupo anterior terminara de tomarse fotos junto al fósil para ingresar. Al ver el enorme esqueleto, Marcelo se quedó de una pieza. Había visto las fotografías que oportunamente le hicieron llegar, pero jamás pensó que experimentaría una impresión de tal magnitud al verlo en vivo. Escudriñó cada parte de su estructura, hasta los huesos más pequeños.

Por más increíble que le pareciera, se trataba de un dinosaurio perfectamente conservado. Notó, eso sí, que algunas piezas estaban puestas al revés o en lugares incorrectos. Pero en términos generales era un hadrosaurio extraordinariamente bien montado.

—Él es Lalo Cartagena —presentó el Picle—. Su descubridor.

—Un gusto conocerte —dijo Marcelo cuando le estrechó la mano—. ¿Es posible saber dónde fue hallado?

—Lamentablemente no podemos dar esa información —respondió Lalo.

—Entiendo. De todas formas, quiero que sepan que el director del Museo de Historia Natural de Londres confirmó su visita. Quiere ver el dinosaurio. Será un momento histórico.

—Y para nosotros será un honor —agregó Lalo—. Juan Cachantún es un descubrimiento que hay que compartir con la humanidad.

—¿Juan qué...?

—El dinosaurio, Juan Cachantún Faiste. Ese es su nombre.

Marcelo sonrió desconcertado. Rascó su cabeza con un dedo. Subió las cejas. Fingió mirar su reloj y dijo que ya era hora de irse. El Picle lo acompañó hasta la puerta.

A las cinco de la tarde de ese domingo, la cárcel ya había cerrado. Ganzúa Jiménez se reunió con seis de sus hombres en uno de los patios laterales del penal. Yanclot Valdés y el Guatón Delgado estaban entre ellos. Alguien encendió un cigarrillo que fue pasando lentamente por los labios de todos quienes se hallaban ahí.

—Los hombres de Chuma andan medios insolentes —comentó Ganzúa—. Ninguno de ellos se ha acercado a saludarme. Parece que todavía no se meten en la zabiola quién es el nuevo patriarca.

—Si nos vamos contra los hombres de don Chuma —dijo Yanclot—, no va a quedar títere con cabeza. Sería un suicidio, Ganzúa. Don Chuma todavía monopoliza la simpatía de un porcentaje altísimo de internos. Los perdedores seríamos nosotros.

—Me importa una raja —protestó Ganzúa—. Yo me voy a hacer respetar. Seamos veinte, cincuenta o tres, esos matehuevas tienen que saber quién es el que manda aquí adentro.

Nadie dijo nada. Unos a otros se miraban en silencio. Las frases de Ganzúa delataban cada vez más su deterioro, la poca claridad mental de la que iba siendo víctima. Sólo Yanclot hizo un gesto facial que reveló su inconformidad. Ganzúa lo notó.

—¿Qué te pasa, Valdés? ¿No estay de acuerdo?

—Claro que no. Creo que este no es el momento para proceder de esa manera. Qué más puedo decir.

A Ganzúa Jiménez no le cayó nada bien el comentario, pero no dijo más. Dio por terminada la reunión y todos volvieron a sus celdas respectivas. Sin embargo no le quitó los ojos de encima a Yanclot, hasta que su figura desapareció a través de la sombra del pasillo.

Cerca de las 20 horas, Botichelli Hernández cruzó la puerta de la celda 15 con el rostro pálido y los ojos extremadamente abiertos. Lalo Cartagena, el Picle y Mansopescao, que bebían café al interior, lo miraron con sorpresa.

—Me mandó a llamar Ganzúa Jiménez —explicó—. Quiere que me eche a uno de los hombres del Chuma. Quiere que mate al Chusco.

34

Yanclot Valdés había tomado asiento sobre el colchón más escuálido. El Guatón Delgado se hallaba de pie junto a la ventana, palpando el grosor de los barrotes. Eso parecía. Lo que hacía en realidad era repasar los acontecimientos recientes.

—Quiere exponer a Boticheli —indicó Yanclot—. Ganzúa sabe muy bien que el muchacho tiene buena conducta, y que le queda poco tiempo adentro. Lo va a sepultar por un capricho. Ganzúa Jiménez perdió los únicos estribos que le quedaban.

—Y qué se puede hacer pues, huevón. Ganzúa sigue siendo el jefe. Si nos desmarcamos vamos a quedar a la deriva, solos y con todo el mundo en contra.

—Tendríamos que pasarnos a la vereda de Chuma.

El Guatón Delgado lo miró con perplejidad.

—¿Estás hablando en serio, huevón? Sin Chuma esa manga de huevones vale callampa. Se muere Chuma y el que sube es Ganzúa, todos saben esa huevada, por eso se le han ido acercando.

—No podemos permitir que le den tres años más a Boticheli por darle en el gusto a un desequilibrado. Ganzúa va a caer solo. Esto no da para más.

—Mira huevón, mejor dile a Hernández que haga caso, no tiene otra opción. Si no lo hace, ahí sí que le va a llegar fuerte. ¡Y qué tanto con echarse a un huevón aquí adentro! ¡Mansa huevada! Todos lo hemos hecho, ¿o no?

—Pero es el Chusco, Guatón. ¡El Chusco!

—Tú sabes que yo siempre te apoyo —advirtió Delgado—, pero en esto sí que no voy a hacerlo, no puedo. Aquí el jefe es Ganzúa y no hay más que discutir.

Boticheli Hernández se notaba afligido. Intentó relajarse un momento, se tendió en uno de los colchones que rodeaban a Juan Cachantún Faiste. Se arrimó a un costado de la cola y cogió una de sus revistas *Condorito*. La abrió, comenzó a hojearla. No había terminado de leer el primer chiste cuando un llanto negro lo consumió. Lalo irrumpió en la celda.

—Esas revistas te ponen muy mal —dijo—, ¿cuántas veces debo repetírtelo?

Cerró la puerta y tomó asiento en uno de los cajones de madera, antes le sacudió un poco el polvo. Su actitud era la de alguien que comprende perfectamente lo que ocurre pero no quiere emitir comentarios hasta que el otro lo haga.

—Con todo este *show* del dinosaurio me había olvidado de varias cosas referentes al encierro —reflexionó Boticheli dejando la revista a un lado—. Es como si este último tiempo hubiésemos gozado de vacaciones y ahora volviéramos a enfrentarnos con la horrible realidad laboral.

—Bueno, ¿y qué piensas hacer con lo que te encargó Ganzúa?

—No quiero matar al Chusco. Me van a alargar la condena, Lalo. —Puso el almohadón sobre su rostro y lo presionó como si quisiera callarse para siempre. Luego lo retiró e inhaló hondo, medio ahogado—. No quiero seguir viviendo.

Lalo Cartagena tampoco estaba de acuerdo con la orden impuesta a su compañero, pero sabía muy bien que no podía opinar. Comenzó a experimentar una sensación de inquietud que parecía que le subía por alguna parte del cuerpo. Sintió que la ansiedad se le despertaba y la misma desesperación que lo dominó antes, que gatilló la idea de fugarse de esa cárcel, volvía a manifestarse. Comenzó a transpirar y decidió que recostarse en el suelo era una mejor idea.

—¿Qué pasó con tus ansias de fuga, Lalo? No hablabas de otra cosa en esos días, ¿Juan Cachantún lo pudrió todo?

Lalo cruzó sus brazos por detrás de la nuca y fijó la vista en el techo despintado. La pintura resquebrajada podía considerarse un lujo frente a otras celdas en las que ya no quedaban ni vestigios de algún color. Pensó en las palabras de su compañero. No existía un solo pedazo de hueso en todo el fósil que le hiciera arrepentirse un segundo de su increíble hallazgo. De alguna forma el descubrimiento de Juan Cachantún Faiste le generó una sensación muy similar a la de una fuga. Olvidó el encierro, el infierno de estar en ese cautiverio humano. Sintió la libertad y su erótico perfume. Trató de no darle más vueltas al asunto, pero la inquietud de Boticheli lograba traspasársele. Lograba sentir a la perfección la congoja que su amigo estaba experimentando en ese momento frente al asedio de las circunstancias. Sin saber cómo podía brindarle calma prefirió callar.

—Yanclot me dijo que no hiciera nada, que primero quería hablar conmigo.

—Entonces hazlo. Hazle caso, huevón, y espera.

35

El Perro Lillo apareció en el patio central secundado por dos gendarmes jóvenes en práctica. Alardeando de su autoridad, Sergio Lillo golpeó fuertemente la puerta de lata del pasillo con su luma de madera. El sonido fue como el de un gong. En el patio todos bajaron sus libros y miraron hacia la puerta.

—¿Qué pasa aquí que están tan callados, ah? —vociferó Lillo afirmándose el cinturón con ambas manos—. ¿Piensan que les voy a creer que están leyendo, los huevones?

Nadie dijo nada. No volaba una sola mosca en ese patio. Los presos, por unanimidad, decidieron volver la vista a sus libros. El gendarme perdió terreno y al advertirlo no supo cómo reaccionar. Justo en ese momento el Picle pasó caminando por un costado. Lillo aprovechó la oportunidad y viendo que el reo iba distraído, le dio con la luma fuertemente detrás del muslo. El Picle llegó a saltar. Lillo echó una carcajada y obligó a sus alumnos a reírse también. Algo incómodos ambos muchachos intentaron darle en el gusto. El Picle no dijo nada, se hizo el loco. Continuó caminando, adolorido, en la misma dirección. Yanclot Valdés observaba fumando un cigarrillo, sentado a los pies de Guillermo, el enorme muro divisorio. Lillo le echó un vistazo.

—¿Que acaso no te pareció divertido, huevón? —le preguntó.

Yanclot no respondió, siguió fumando. El hecho de a poco fue robándose la atención de todos los presos que a esa hora estaban en el patio. Lillo decidió acercarse.

—Respóndeme cuando te hablo —dijo.

Yanclot permaneció en el mismo sitio aunque sin sacarle los ojos de encima al insistente gendarme, que caminó hasta quedar a pocos centímetros frente a él. Como una neblina helada que hubiera descendido de alguna parte de pronto, el suspenso inundó el patio central. Todas las miradas fueron a dar a ambos personajes y ellos, gendarme y convicto, quietos, uno frente al otro, parecían dos avanzadas en una batalla donde nada estaba ocurriendo. Yanclot sabía que Ganzúa Jiménez se encontraba algunos metros más allá y que si la cosa se ponía complicada, el jefe se acercaría a mediar. Algún poder tenían los jefes al interior de la cárcel. Algún reconocimiento le otorgaban los gendarmes en un mínimo grado a los presos más antiguos. Pero Lillo parecía que iba dispuesto a cruzar todos los límites. De un manotazo le quitó el cigarrillo encendido de los labios y a Yanclot le pareció que estaba pasándose de la raya. Se puso de pie para estar en una mejor posición y Lillo lo conminó a sentarse de nuevo.

—Siéntate o te llevo por intento de agresión.

Ambos estuvieron de pie uno frente al otro tensamente varios segundos. Cuando Yanclot llevó su mano al bolsillo para sacar otro cigarro, Lillo hizo un movimiento nervioso. Alzó un brazo en un amago de cubrirse. Aquel gesto le valió la risa del patio completo de punta a punta. Lillo estaba que explotaba de furia. Parecía que todas las venitas de su rostro hubieran reventado al mismo tiempo dándole, además, un aspecto hinchado. Cogió a Yanclot del antebrazo y este se soltó de un tirón. Lillo lo cogió de nuevo, esta vez le fijó una esposa en la muñeca. Cuando Yanclot quiso tirar del brazo ya era tarde.

—Cagaste —dijo Lillo satisfecho.

—¿Qué estás haciendo? —preguntó Yanclot.

—Camina, huevón —respondió empujándolo en dirección a las galerías.

Yanclot echó un vistazo a su alrededor como buscando alguna explicación o alguna ayuda. Ganzúa Jiménez, en la otra punta, le quedó mirando un rato. Luego se giró, le dio la espalda y retomó la conversación con el resto de sus hombres.

36

La oficina del subsecretario de justicia se ubicaba en el tercer piso del ministerio y era una de las más grandes del piso, aunque no la más cómoda. Era más larga que ancha, como un rectángulo, lo que de alguna u otra forma la hacía estrecha. El hombre leía en silencio las denuncias que habían llegado por escrito al ministerio y que daban cuenta de actividades irregulares al interior de la cárcel. El asistente entró al despacho.

—Con permiso, subsecretario.

—Pase no más, Quintanilla, pase.

—Mire, la verdad es que hemos estado revisando todo el *dossier* de reglamentos carcelarios y no aparece nada referente a dinosaurios.

—A ver —respondió el subsecretario acercando las carpetas.

—Lo que se podría hacer, si usted me permite opinar al respecto…

—Sí, hombre, continúe.

—…sería pasar el caso por "malas prácticas".

—No pues, Quintanilla, nada que ver. Las malas prácticas son, a ver, cómo puedo explicarte. Imagínate un zoológico, para ponerlo claro. En un zoológico hay cuidadores y encargados de la comida de las jaulas, ¿cierto? Imagínate que después de que el encargado le sirviera la comida al oso polar, el cuidador entrara a la jaula y le meara el plato. ¿Entiendes ahora? Aquí es lo mismo. Hay jaulas, cuidadores y encargados de la comida. Lo distinto es que en vez de animales… o en vez de osos polares, para dejarlo más claro, hay presos.

—No quisiera contradecirlo —dijo Quintanilla—, pero también puede haber otro tipo de malas prácticas al interior de la cárcel. Y justamente, como la definición es amplia…

—Pero a ver, Quintanilla, ¿qué más podría pasarle a unos seres humanos metidos adentro de unas jaulas? La jaula justamente opera como un resguardo para la integridad de estos individuos.

Quintanilla se mantuvo en silencio algunos segundos, luego preguntó:

—Con todo respeto, subsecretario, ¿ha visitado alguna vez la cárcel?

—No, la verdad es que no, Quintanilla, y no creo que sea necesario. Tengo una idea bastante acabada del lugar: sé que hay un pasillo central, con banquitas. A los costados del pasillo están las jaulas, puestas una junto a la otra, en cada una de ellas un letrerito que indica el nombre del preso…

Quintanilla respiró lo más hondo que pudo.

En la Sala 15, ex celda 15, ocho internos sentados sobre cojines mullidos escuchaban a Tito Vermú con una solemnidad vibrante. Tito había armado un ciclo de charlas sobre el *Origen de las especies* en dos horarios: a las 14 y a las 20 horas. La sola presencia del colosal Juan Cachantún Faiste hacía que la cátedra de Tito adquiriera un carácter superlativo. La atmósfera que se generaba al interior de esa celda era indescriptible.

Justo Guzmán, el Picle, sacaba cuentas sobre una libretita de pie en el pasillo. De pronto notó que alguien se aproximaba por el costado derecho.

—Alcaide —saludó—. ¿Qué lo trae por acá?

—Picle —respondió Gualdo Tapia—, ¿has visto a Cartagena?

—Hoy no he tenido el honor de saber nada de él, alcaide.

—Si lo ves, dile por favor que vaya a mi oficina.

Al escuchar esta última parte, el Picle cayó en cuenta de que efectivamente no había visto a Lalo en todo el día. Cogotero Araya cruzó el pasillo justo en ese momento.

—Cogotero: ¿has visto a Lalo?

—No, Picle.

—Estará en la biblioteca.

—Vengo de allá —explicó Cogotero—. No lo vi.

—¿Y Boticheli? —preguntó el Picle—. ¿Viste a Boticheli?

—Boticheli está con Mansopescao en la 18. Está mal Boticheli, lo vi muy mal. ¿Sabes qué le pasa?

El Picle estaba absolutamente al tanto de lo que ocurría pero no quiso comentarlo y menos a Cogotero, quien tenía el cartel de ser un preso poco confiable.

—Iré a verlo —respondió.

Llegando a la celda 18, el Picle golpeó suavemente con los nudillos. Empujó la puerta. Boticheli se encontraba sentado sobre un cajón de madera con ambas manos sobre su cabeza. Mansopescao lo observaba, de pie, al frente, bebiendo té en un tarrito. Al Picle le dio la impresión de estar en la consulta de un sicólogo, hasta le entraron ganas de echar afuera también sus problemas, que no eran pocos. Boticheli subió la vista, lo miró. Tenía las cejas revueltas y los ojos enrojecidos, como si hubiera estado llorando un largo rato.

—¿Té? —ofreció Mansopescao.

—No, gracias —respondió el Picle—. O mejor ya, bueno. Te acepto medio tarrito —golpeó a Boticheli en el hombro—. ¿Cómo estás, apreciado amigo? —le dijo tomando asiento junto a él.

—¿Cómo voy a estar...? ¡Mal pues, huevón! Pésimo. Ganzúa quiere que me eche al Chusco... ¿cómo estarías tú? Más encima el Perro Lillo incomunicó a Yanclot.

—¿Y qué va a poder hacer Yanclot? —respondió el Picle cogiendo el tarrito que le entregaba Mansopescao—. La orden viene de Ganzúa y Ganzúa es el nuevo patriarca ahora que ya no está Chumita.

Boticheli Hernández volvió a ocultar el rostro entre sus manos.

—Los hombres de don Chuma tienen muchos contactos afuera. Si me echo al Chusco puede ser que hasta la agarren con mi hermana.

—Eso también es cierto —dijo el Picle—. Pobre Mary.

Boticheli rompió a llorar otra vez. Mansopescao le dio una mirada reprobatoria al Picle, como pidiéndole por favor que no le pusiera más leña a la estufa.

—¿No han visto a Lalo? —preguntó el Picle.

—Por aquí no ha venido —dijo Mansopescao.

—Bueno, si lo ven les gratificaré copiosamente que le informen que Gualdo Tapia lo anda inquiriendo.

Boticheli y Mansopescao se miraron con extrañeza.

Cerca de las 22 horas, el bullicio bajaba considerablemente en los pasillos. Boticheli se recostó sobre su colchón. No iba a cerrar los ojos todavía pero intentó relajarse lo más que pudo. Pensó en acercar una de las revistas *Condorito* que guardaba a un metro de su posición. Desistió, con sabiduría. Respiró hondo mirando la infinidad del techo. Entonces sintió un ruido lejano y compacto. Luego escuchó otro, algo más profundo, luego otro más. Boticheli se puso de pie. Caminó hasta el rincón del lavatorio y levantó una de las baldosas que cubrían el túnel.

—¿Lalo? —preguntó mirando hacia el fondo. La luz de una linterna iluminó su semblante—. ¿Lalo? No me digas que estuviste todo el día metido ahí.

Lalo Cartagena no respondió. Continuó cavando.

—¡Lalo! —gritó Boticheli—. Son las diez de la noche, va a empezar a escucharse. Y todavía no entiendo qué haces allí… ¿quieres desenterrar otro dinosaurio? ¡No tenemos dónde meterlo!

—¡Anda a dormir! —gritó Lalo Cartagena obcecado en su maniobra. Sus ojos enrojecidos parecían los ojos de un paciente siquiátrico al borde de una crisis.

—Lalo, ¡déjate de hueviar! Por último sigue mañana, ¡pero hoy ya no!

Justo Guzmán, el Picle, ingresó a la celda.

—Qué significan todos esos gritos —dijo.

Al ver a Boticheli hincado junto a la entrada del túnel se acercó y miró hacia el fondo.

—¿Hay alguien allí dentro? —preguntó.

—¿Qué crees tú? —respondió Boticheli.

—¿Lalo...? ¿Lalo, estás allá abajo?

—¡Déjenme tranquilo!

—Pero Lalo, ¡es muy tarde para cavar! —gritó el Picle, luego miró a Boticheli—. ¿Le dijiste que era tarde para cavar?

—¿Qué crees tú?

—Da lo mismo lo que yo crea, lo importante es saber si se lo dijiste.

—¡Déjenme tranquilo y vayan a discutir a otra parte! —rugió Lalo desde la oscuridad del foso.

—Lalo, déjate de ser tan porfiado y sube de una vez —dijo Boticheli.

Mansopescao cruzó la puerta también.

—¿Qué pasa que hay tanto ruido? —preguntó acercándose a los demás y mirando hacia el fondo del túnel—. ¿Lalo?

Lalo Cartagena refregó su rostro con ambas mugrientas manos.

—¿Qué hace este huevón allá abajo tan tarde? —preguntó Mansopescao.

—Nadie lo sabe —dijo Boticheli—. ¿Qué haces allá abajo, Lalo?

—¡Cómo mierda les hago entender que quiero que me dejen tranquilo! —gritó Lalo mosqueado

—Es que es muy tarde, huevón, el que tiene que entender eres tú.

El Picle y Boticheli Hernández se pusieron de pie.

—No vamos a lograr sacarlo de ahí tan fácil —advirtió el último.

—¿Y si lo meamos? —propuso Mansopescao—. Le decimos que si no sale lo meamos.

—Yo me presto —dijo el Picle.

—No es mala idea —confirmó Boticheli—. Probemos.

Los tres se agacharon.

—Lalo, si no sales de ahí te vamos a mear —dijo Boticheli.

—¡Por la puta madre! Por qué no se van a dormir los tres y me dejan aquí, tranquilo, cómo estaba.

—No, Lalo, es muy tarde y te pones muy obsesivo. Eso no te hace bien. Después andas más irritable que la cresta.

Lalo Cartagena desoyó las advertencias y continuó golpeando piedra contra piedra en su ciega tarea.

—Méalo —ordenó Boticheli.

37

Gualdo Tapia invitó a Lalo Cartagena a tomar asiento.

—Necesito que conversemos. Te ofrezco un tecito.

—No, muchas gracias, alcaide.

Gualdo Tapia se quedó en silencio, como si algo le hubiese detenido de pronto.

—Aquí hay olor a pichí —dijo arrugando el rostro—. ¿No hueles?

Lalo se hizo el loco.

—Yo no huelo nada, alcaide.

—Bermúdez.

—Dígame, alcaide.

—Manda a lavar esta alfombra de mierda, alguien se meó encima.

—Como usted diga —respondió el asistente.

Gualdo Tapia vertió agua hirviendo en su taza de té y levantó un papel que tenía sobre el escritorio.

—Mira Cartagena, tenemos un problema bien grave. No sé cómo pero el ministro de Justicia se enteró de las actividades que ustedes han estado organizando aquí adentro. No le ha parecido bien. Me envió esta carta donde deja bastante en claro su descontento. Básicamente me pregunta que cómo es posible que yo permita que los presos anden hueviando con unos fósiles. Dice que los internos sólo tienen derecho a jugar a pelota, nada más. Mira, hasta lo subrayó. Me pide clausurar la exposición del dinosaurio lo antes posible y terminar con los talleres culturales que no hacen más que fomentar el "desorden y la indisciplina". Sugiere, por su parte, instalar un telón en el patio y ofrecer una tarde de cine proyectando la popular película *Jurassic Park* para la totalidad de los internos. El ministerio corre con los gastos.

Lalo Cartagena se mostró bastante sorprendido.

—¿Que se cierren los talleres? ¿Los públicos?, ¿los del día domingo?, ¿eso dice?

—Todos, Cartagena, los de la semana también. Ni Olmedo ni nadie puede dar más clases de nada aquí adentro. Sólo puede seguir funcionando el taller de greda. Además menciona la biblioteca. Va a revisar su continuación ya que según dice es un "semillero de subversivos".

—Me imagino que usted se opone a esa carta, ¿no, alcaide?

Gualdo Tapia revolvió el trasero en su sillón.

—Mira Cartagena, la carta la firma el ministro de Justicia. Frente a eso yo estoy de manos atadas.

Incomunicado, en las sombrías celdas del subterráneo, Yanclot tiritaba entumido. Su ropa estaba completamente mojada, producto de los baldes con agua fría que le lanzaban cada tanto. Sentía su nariz rota y la mandíbula hinchada por los golpes. Intentaba ponerse de pie, caminar para entrar en calor. Pero estaba débil y enfermo, sentía la cabeza abombada. Lillo abrió la puerta. Cargaba un nuevo balde con agua. Yanclot rezó para no recibir otra descarga sobre el cuerpo. No sirvió de mucho. Sus músculos se contrajeron con lo gélido del líquido.

—¿Cómo está el agüita? —preguntó Lillo.

Yanclot intentó arrastrarse y salir de la laguna que se había formado en el lugar. Lillo le cortó el paso. Puso el bototo sobre su cabeza. Yanclot sintió que su cráneo se partía.

—Miren a Yanclot Valdés —ironizó Lillo—. El terror de las casas de cambio, el jefe de la banda más temida de los noventa tiritando de miedo debajo de un zapato. Cómo nos cambia la vida.

Haciendo un esfuerzo enorme, Yanclot levantó su brazo derecho, cogió el bototo del Perro Lillo y se lo sacó de encima. Lillo se desestabilizó al principio pero logró mantener su posición. Se dio la vuelta. Le pateó el estómago. Yanclot llegó a retorcerse del dolor mezclado con una desesperante sensación de ahogo.

—Estás más solo que un dedo, huevón. Ganzúa no movió ni un pelo en el patio ¡Le importaste una raja!

Y ahora que no está el viejo Chuma ¿quién podrá defenderte...? ¿El Chapulín Colorado?

—Aquí... —murmuró Yanclot débilmente—, aquí todos saben quién... mató a Chumita.

Lillo se detuvo e intentó disimular la sorpresa que le produjo el comentario.

—El viejo murió por una indigestión —aclaró.

Yanclot comenzó a reírse de una manera áspera que más bien producía dolor al escucharlo. Sergio Lillo se alteró y le dio nuevas patadas. Lo levantó y comenzó a estrangularlo rodeándole el cuello con el brazo. Yanclot intentó zafarse infructuosamente hasta que el gendarme decidió que ya era momento de aflojar. Yanclot inhaló con toda la fuerza de sus pulmones agónicos.

—La investigación de Chuma se canceló —avisó Lillo jactanciosamente—. Ya no se llevará a cabo, mi rey.

Yanclot se desplomó sobre el piso mojado respirando convulsivamente. El Perro Lillo salió de la celda y cerró con tal violencia que la puerta de metal llegó a remecerse.

38

El domingo al mediodía una enorme cantidad de gente se amontonó en el patio haciendo fila para ingresar a la celda 15. Varios traían sus cámaras fotográficas levantadas, listas, y los niños vestían disfraces o llevaban máscaras de Juan Cachantún Faiste confeccionadas por ellos mismos. Pero la puerta del pasillo estaba cerrada. Un gendarme escuálido y de baja estatura, notoriamente superado por la labor asignada, intentaba explicar que la exhibición no estaba abierta.

—¿Y las clases? —preguntó una mujer gorda indicando hacia el lugar en que los anteriores domingos se situaba la tarima de Olmedo.

—Se suspenden hasta nuevo aviso —anunció el gendarme.

Se produjo un sonoro abucheo. Algunos elevaban sus brazos haciendo gestos obscenos, otros reclamaban a viva voz.

Lalo tomó asiento junto a la hermana de Boticheli en una de las bancas del patio.

—Lalo: ¿qué le pasa a Botito? ¿Por qué no quiso salir?

—No se sentía bien, Mary —explicó Lalo cabizbajo—. Pero no es nada preocupante.

—Ah, me alegro entonces. Bueno, dime, ¿querías hablar conmigo?

—Sí, Mary, necesito pedirte un favor. Necesito que traigas a Úrsula.

Al escuchar el encargo, el rostro de Mary se descompuso.

—¿A Úrsula? ¿Pero cómo voy a dar con ella, Lalo? Me la encontré aquella vez en la micro de pura casualidad. No tengo cómo ubicarla.

—Tú podrás hacerlo, Mary, tienes más opciones que yo —dijo Lalo.

Mary suspiró contemplando las gruesas rajaduras que el hormigón del suelo ostentaba bajo sus pies.

—Déjame ver qué es lo que puedo hacer.

Cuando Lalo regresó a la celda, el Picle calentaba agua para el café. Boticheli permanecía recostado en posición fetal sobre el colchón con la cabeza escondida entre sus brazos. Mansopescao estaba de pie, flanqueado por las vértebras de Juan Cachantún Faiste.

—Lalo, tenemos una idea espeliuznante de buena —comentó el Picle—: ocultar a Boticheli en el foso. Ni Ganzúa ni nadie podrá encontrarlo ahí.

—¿Y por cuánto tiempo lo mantendríamos oculto? Inmediatamente se notaría su ausencia, sería sospechoso. Los gendarmes vendrían a preguntar por él.

—Tus resquemores me parecen extremadamente atendibles, Lalo —agregó el Picle—, pero, si me permites, quisiera enriquecer nuestro argumento. En el hipotético caso que llegara a ocurrir lo que tú expones, entonces decimos que el culiado se escapó.

—¡Pero cómo vamos a decir que se escapó, huevón! Se armaría la grande ¿y después qué?

—Cómo que qué.

—No va a estar escondido ahí toda la vida.

—No, claro. Sólo lo que se necesite, para que todo este asunto del Chusco quede atrás.

—¿Y qué pasará cuando salga? ¿Qué explicación daremos?

—Ya se nos ocurrirá algo —dijo el Picle—. Que volvió porque se sentía solo.

Lalo masajeó sus sienes. Se preguntaba qué lo había llevado a tener esa conversación con el Picle.

—¿No te han dicho —preguntó Mansopescao— cuándo se reabre la exhibición?

—No todavía —respondió Lalo Cartagena lánguidamente—. Y Yanclot… ¿se ha sabido algo de él?

—Nada.

A Yanclot la humedad y el frío le partían los huesos. Tiritaba tan fuerte que tenía los músculos agarrotados. La puerta se escuchó otra vez. Ni siquiera le importó que le echaran encima otro balde con agua helada. No lo sentiría. En ese momento no sentía ni las extremidades.

Alguien entró, dio dos pasos, se detuvo y preguntó hacia la penumbra:

—¿Hay alguien ahí?

Yanclot no reconoció al Perro Lillo en esa voz. Como no le salía palabra alguna en el deplorable estado en que se encontraba, intentó moverse. A ver si el sonido de su cuerpo arrastrándose por el duro suelo algo decía. El hombre se acercó palpando el muro hasta dar con el interruptor de la luz.

—¿Valdés? —preguntó cuando la tenebrosa celda dejó de ser oscura—, ¿qué haces tirado aquí?

Por el tono de voz y la altura corporal que Yanclot pudo observar a través de la minúscula apertura de sus párpados, comprendió que se trataba del gendarme Quiroga. Quince minutos más tarde, sobre la camilla de enfermería, Yanclot comenzaba a sentir que le volvía el alma al cuerpo. Le dieron dos pinchazos para bajarle la fiebre y le repasaron con yodo todas las heridas. Quiroga acudió directamente a la oficina del alcaide.

—Pase no más —indicó su secretaria.

El gendarme ingresó rápidamente y cerró la puerta con brusquedad.

—Alcaide, usted no puede seguir tolerando que Lillo aquí haga lo que se le antoje. Acabo de sacar a Yanclot Valdés casi moribundo de una de las celdas del subterráneo. ¡Quién sabe cuántos días estuvo ahí!

Gualdo Tapia miró a Quiroga con las cejas arrugadísimas sobre su nariz. Por supuesto que no estaba de acuerdo con lo que oía. Cogió una servilleta. Limpió el exceso de mayonesa que había quedado repartida alrededor de su boca y apoyó, sobre el escritorio, el completo que estaba degustando. Se le volcó encima de varios documentos importantes.

—Conchasumadre —comentó.

—Alcaide —prosiguió Quiroga—. El comportamiento de Lillo es inaceptable. No puede maltratar a los internos. ¡Quién se cree que es!

—Por supuesto, pues, oye —dijo Gualdo Tapia intentando limpiar el desastre—. ¿Dónde está Valdés?

—En enfermería.

Yanclot Valdés permanecía sobre la camilla con los ojos cerrados. Gualdo Tapia consultó al auxiliar qué es lo que le estaban suministrando.

—Le pusimos un par de inyecciones y limpiamos sus heridas con yodo porque, para variar, no teníamos alcohol. Se lo robaron de nuevo.

Gualdo Tapia movió la cabeza hacia los lados.

—Tropa de delincuentes —dijo molesto—. Pero cuéntame una cosa: ¿va a sobrevivir este cristiano o definitivamente lo perdimos?

Yanclot abrió un ojo.

—No, si tan mal no está —explicó el auxiliar recogiendo el termómetro—. Tiene vida para rato, pero tendrá que quedarse aquí unos días.

Gualdo Tapia pareció no escuchar las palabras del encargado.

—Valdés —dijo afligido—. Sea donde sea que estés, si me estás escuchando sólo te pido que no cruces el túnel, devuélvete. Aún te queda mucha vida por delante. Me comprometo a hablar seriamente con Lillo si decides volver a vivir. Te doy mi palabra de alcaide.

Y, visiblemente afectado, se retiró de la sala.

Yanclot abrió los ojos incómodo. Levantó la sábana y sacó el frasco que tenía entre sus piernas lleno de orina. El auxiliar lo recibió. Cerró los ojos de nuevo y se giró hacia el muro. Las palabras que le escuchó decir a Lillo durante su encierro no dejaban de dar vueltas al interior de su cabeza.

39

—Boticheli —dijo Mansopescao revelando cierta inquietud en su entonación—. Ganzúa volvió a preguntar si el trabajo del Chusco estaba hecho. Le contesté que no te he visto hoy.

Boticheli se puso nervioso. Durante la última semana se la pasó ocultándose de Ganzúa Jiménez, durmiendo en diferentes celdas para no tener que rendir cuentas sobre el trabajo que le fue encomendado. Intentaba estirar el chicle lo máximo que fuera posible.

—Si hubiera algún puente en esta cárcel —dijo con angustia— me lanzaría de él. Estoy que me pego un tiro. Si hubieran pistolas en esta cárcel… digo, pistolas hay, si yo pudiera acceder a una… digo, si es que algún gendarme me prestara su pistola…

—Ya, ya —cerró Mansopescao—. Ya entendí. Pero aquí no hay pistolas ni puentes. Para eso mejor no hagas nada y Ganzúa se encargará de hacer lo que le pides a la pistola.

Boticheli revolvió la gastada suela de su zapatilla en el piso inmundo.

—Sigo creyendo que es mejor matarse uno mismo que dejarle el trabajo a otro. Uno se conoce mejor. Hay más confianza.

El Picle cruzó la puerta cargando un sobre.

—¡Lalo! ¿Está Lalo? —preguntó.

—Aquí no —respondió Mansopescao.

—Tu hermana le envió una carta —dijo el Picle mirando a Boticheli—. Me huele a romance.

—Ya lo quisiera mi hermana —comentó Boticheli—. No sé qué le ha dado a las mujeres por buscar pareja en la cárcel. Habiendo tanto huevón libre afuera.

—Es que el preso es espeliuznantemente atractivo —dijo el Picle—. Posee un halo de misterio que las enloquece.

Boticheli y Mansopescao estallaron en sonoras carcajadas.

—No seas huevón, Picle —se burló Boticheli Hernández—. ¿Qué atractivo puede tener un preso?

—Me gusta pensar que hay algo de romántico en esto de estar encerrado tanto tiempo.

—Mira huevón ¿por qué no mejor vas a entregarle esa carta a Lalo de una vez?

Lalo Cartagena repasaba a Juan Cachantún Faiste con una brocha para quitar el exceso de polvo. El Picle ingresó a la celda.

—Te llegó esto, Lalo —dijo.

Lalo cogió el sobre, lo abrió y comenzó a leer. El Picle miraba sonriente y cada tanto subía las cejas.

—¿Qué te traes entre manos, pillín?

A Lalo pareció que le volvía el color al rostro, sus labios dibujaron una sonrisa extraña. En la carta Mary contaba que había logrado dar con Úrsula. Que habló con ella y la convenció, esta última palabra estaba tachada y reemplazada por "invitó", a verlo a la cárcel el próximo domingo. Lalo sintió que un relámpago de diversas emociones le impactaba el cuerpo, pero intentó no dejarlo en evidencia.

—Voy a la dirección, Picle —dijo—. Toma la brocha, sigue tú.

El Picle cogió la herramienta y lo miró con picardía.

Lalo Cartagena llegó a la oficina del alcaide. Como la secretaria no estaba, prefirió esperar. La puerta de la sala de archivos se abrió y Gualdo Tapia emergió medio despeinado, intentando meterse la camisa adentro del pantalón.

—Qué hermosa es la vida —comentó—. ¡Cartagena! —dijo al verlo sentado un poco más allá—. ¿En qué andas revolviéndola ahora?

—Necesito hablarle una palabrita, alcaide.

—Pasa a la oficina.

Lalo caminó hacia allá. Al cruzar la puerta de la sala de archivos miró en su interior y vio a la secretaria muy tranquila ordenando carpetas. Ella lo saludó ruborizada, aunque todo parecía en orden. Salvo por la falda puesta al revés.

—Qué te trae por aquí, Cartagena, a ver —preguntó el alcaide.

—Vengo a pedirle un favor que para mí resulta muy importante.

—Tendríamos que ver de qué tipo de favor estamos hablando, mira que hay favores y favores.

—Lo tengo muy claro, alcaide.

—Cuéntame de qué se trata. ¿Es muy privado? ¿Hago salir a Bermúdez?

—No es necesario —respondió Lalo Cartagena—. Su presencia es prácticamente ilusoria, sin querer ofender.

Bermúdez bajó la vista con decepción. Aquella verdad atravesó su corazón como una barra de acero incandescente.

—El tema, alcaide —prosiguió—, es que recibí una carta de mi antigua novia. Quiere venir a verme el día domingo y la verdad es que a mí me gustaría mucho poder mostrarle el fósil.

—Ya te dije que la exhibición está cerrada. ¿No te mostré el documento con la mansa callampa que nos llegó del ministerio de Justicia?

—Sí, alcaide, lo sé. Pero podría hacer una excepción sólo por esta vez. Es la única visita que recibiré de Úrsula, alcaide.

Gualdo Tapia golpeteó la cubierta del escritorio con la yema de sus dedos. Se acarició el mentón.

—Mira Cartagena, tú aquí adentro eres un reo ejemplar, tienes buena conducta y eres un tipo sensato. Sólo por eso voy a permitir que te lleves a esa mina a la celda y le muestres el dinosaurio.

Enseguida le cerró un ojo. Lalo se puso incómodo.

—De todas formas, oye —agregó—, tiene que ser una visita breve. Ya sabes que hasta que el tema no se aclare no hay más permiso para continuar con estas actividades.

—Muchísimas gracias, alcaide.

Lalo Cartagena corrió inmediatamente en dirección a la celda de don Chuma. Al entrar, un vientecillo con olor a derrota le abofeteó el rostro. El Chusco estaba sentado sobre el borde del camastro. Los muros, antes llenos de fotos, cuadros y objetos decorativos traídos de todos los rincones del mundo, parecían nostálgicamente desvestidos.

—Lalo —saludó el Chusco sin siquiera levantar la vista—. ¿Cómo te va?

—¿Y ese ánimo? ¿Qué pasa?

—Pasa que el espíritu de Chumita se está evaporando, compadre, eso pasa. No hemos podido mantener a la familia unida. Se nos ha ido gente. Se han pasado al grupo de Ganzúa Jiménez porque don Chuma ya no existe más, y es cierto. Yanclot no quiso asumir la continuación cuando la cosa aún estaba calentita, pero ahora…

—¿Y qué va a ocurrir?

—Nada pues, amigo. Yo jamás me voy a pasar al lado de Ganzúa porque ese huevón mató al Burro Guajardo. Estamos quedando solamente tres. Nos van a cocinar, pero yo no voy a regalarle mi respeto a Ganzúa.

Lalo permaneció en silencio. Observaba perplejo el derrumbe del imperio de Chumita narrado por su propia celda. Efectivamente aliarse a lo que quedaba de él hubiera sido un suicidio. Gustara o no, el sucesor no era otro que el gran jefe, Ganzúa Jiménez.

—¿Necesitabas algo? —preguntó el Chusco.

Lalo pareció despertar.

—Sí, de hecho. Quería pedirte prestada una mesita, un mantel bonito y un florero. Ah, y velas, si es que hay.

—¿Tienes una cita romántica con alguno de los musculines de la galería poniente?

—¡No! … no tengo nada contra ellos, pero no.

El Chusco se puso a buscar lo solicitado mientras Lalo escudriñaba la colección de discos. Entonces un tipo enorme ingresó violentamente a la celda. Lalo se sobresaltó. *Ganzúa,* pensó, *viene a cagarse al Chusco y yo, para variar, justo al medio.* Ingresó también a la celda el Guatón Delgado, con las cejas completamente arrugadas sobre su nariz.

—¿Qué es lo que ocurre? —preguntó el Chusco sintiendo que estaba siendo rodeado.

Otros dos gorilas hicieron ingreso; y más atrás Yanclot Valdés, con rastros de haber sufrido una fuerte golpiza en el rostro. Cerró la puerta tras él. Miró a Lalo Cartagena y sonrió con uno de los costados de la boca.

40

Lalo se vistió con una camisa que consiguió prestada. Se peinó con abundante agua y para finalizar se perfumó el cuello con una de las fragancias que guardaba Tito Vermú en su celda, producto de sus numerosos atracos a las perfumerías del barrio alto. Días antes le solicitó al Picle modelar algunas flores en el taller de greda para regalarle a Úrsula cuando llegara. No quedaron tan espectaculares pero se agradecía el gesto. Levantando el pesado ramo de flores, salió rumbo al patio. En el pasillo varios colegas le desearon suerte.

—¿Para dónde vas tan cacharpeado, Lalo? —le preguntó Torniquete Fernández—. Hay una lectura de poesía a las siete de la tarde en la 12… ¿vienes?

—¿Quiénes leen?

—El Chino Narita, Pedrito, Carequiltro y el Indio Riquelme.

—Cuenta conmigo.

Lalo llegó al patio y se dispuso a esperar a Úrsula frente a la puerta. Eran las once de la mañana. Comenzaba a ingresar la multitud para visitar a sus parientes y empaparse de cultura.

—La exhibición y la cátedra de Olmedo siguen suspendidas —explicaba un pequeño gendarme tenso ante la presión del público.

Mucha gente cruzaba la puerta cargando libros. Los encargados revisaban uno por uno los títulos con bastante calma. Nunca nadie intentó ingresar algo extraño dentro de ellos. Una vez solamente detectaron una enorme lima introducida en una colección que despertó inmediata sospecha, por tratarse de libros de autoayuda. Salvo esa vez, nunca hubo otro incidente.

Lalo aguardaba estoico de pie a un costado del patio. La gente entraba y salía en grupos numerosos pero no se daban señas de Úrsula. La puerta cerraba a las 17 horas. Cerca de las 16 con 40 Lalo perdió las esperanzas y tomó asiento en un banquito. Tenía la espalda adolorida.

Úrsula se materializó bajo el dintel cuando las puertas estaban a punto de volver a su posición original. Llevaba el pelo recogido y un rostro lánguido. Lalo se puso de pie. La sangre fluyó a borbotones por todas las arterias de su cuerpo.

—¿Cómo estás? —preguntó Úrsula.

—Aquí, sobreviviendo —respondió Lalo acercándole el ramo de flores de greda.

Úrsula lo recibió perturbada, aunque su rostro intentó disimularlo. Ambos tomaron asiento en una de las banquitas de madera.

—Y cuéntame —pidió Lalo—, ¿qué has hecho en todo este tiempo?

—Estoy trabajando de parvularia en un colegio pequeño —dijo ella intentando ser cordial—. Estoy bastante contenta. Es bueno el horario y me llevo bien con la gente.

—Tú siempre te has llevado bien con la gente, Úrsula. Donde vas caes bien.

—No es tan así como dices. Bueno, y tú, Lalo, ¿qué has hecho en estos cinco años en que no nos hemos visto?

—Aquí no es mucho lo que se puede hacer. Pero quiero enseñarte algo, sígueme.

Ambos se pusieron de pie y caminaron en dirección al pasillo que comunicaba con las celdas. Úrsula se detuvo.

—No pasa nada —aclaró Lalo—. Tengo permiso.

El gendarme a cargo abrió la reja. A Úrsula le llamó muchísimo la atención lo que ocurría al interior de la galería por la que caminaban: se podía observar a presos leyendo, intercambiando libros, otros hablaban de filosofía. Un grupo se trenzaba en una enardecida discusión sobre la moral con una pasión que crispaba los pelos.

—Aquí es —señaló Lalo abriendo la celda 15.

Úrsula ingresó con cautela y quedó inmediatamente sorprendida con el inmenso fósil que apareció frente a ella. Lalo había montado en el techo de la celda, de punta a punta, un llamativo juego de luces que iluminaba una banda oscura de cartón troquelado. Se trataba de una larga línea de tiempo que mostraba desde el primer pez terrestre hasta el hombre moderno. La luz era tenue. Bajo la cola de Juan Cachantún Faiste, una mesita provista de un mantel rojo con líneas blancas, dos velitas encendidas, una botella de vino, dos copas y un pocillo con maní los esperaba.

Úrsula permaneció boquiabierta. Miraba y miraba a su alrededor y parecía que por más que miraba no lograba incorporar del todo la escena.

—¿Y esta escultura?... —preguntó algo confundida—. ¿De dónde salió?

—No es una escultura, es el fósil de un hadrosaurio. Es real.

—¿Y cómo llegó aquí?

—Lo armamos nosotros.

Úrsula recorrió todo el esqueleto con la vista y lo palpó con cuidado. Lalo puso *play* en una pequeña radio sobre el lavatorio y comenzó a sonar una música medianamente agradable. Ambos tomaron asiento junto a la mesita. Lalo acercó las copas y con extrema delicadeza sirvió el merlot en caja que el Chusco le regaló.

—Este dinosaurio es un descubrimiento sin precedentes, Úrsula. Fui yo quien lo descubrió y me llena de orgullo. Su hallazgo ha sido tan relevante que hasta vendrá a verlo el director de un museo de Inglaterra.

—¿Aquí a la cárcel?

—Es lo que hay por ahora —dijo Lalo—. Mi sueño es que algún día esta cárcel se transforme en museo.

Úrsula arrugó el rostro, masajeó su frente, prefirió beber de su copa.

—Úrsula —continuó Lalo—, quería decirte que por más años que pasen lo nuestro seguirá estando presente en mí como el primer día.

—¿Pero qué nuestro, Lalo? Han pasado más de cinco años ya.

—Para mí es como si no hubieran pasado ni dos días.

—Mira Lalo, yo estuve muy enamorada de ti, al punto de que cuando mataste a Carlitos no me importó. A ese nivel. Lo justifiqué diciéndome: bueno, Carlitos era bien como las huevas también, encerraba a su perro en una jaula para canarios y lo colgaba de la ventana… ¡pero era tu amigo!

—Fue un accidente, Úrsula. La pistola se disparó sin querer.

—Sea como sea Lalo, tú estás aquí y yo estoy afuera. Así no resulta.

—Pero Úrsula, estás hablando desde una dimensión práctica y el amor no se mide con esas varillas. Se quiere o no, luego se analiza lo demás.

—Yo no puedo querer a alguien preso, Lalo. Yo quiero estar con alguien con quien pueda pasear por el parque y tomar desayuno en la cama.

—Eso es lo más superficial que te he escuchado decir —alegó Lalo.

—Pues eso es lo que yo quiero.

—Esas no son más que escenas huevonas de película gringa, Úrsula, no tiene sentido. Uno se enamora de personas, no de escenas.

—Pues yo no quiero enamorarme de personas presas.

Lalo se quedó en silencio. Movió su copa hacia un lado y bebió vino directo de la caja.

—¿Recuerdas esa vez que fuimos a la playa? —preguntó—. El terminal de buses estaba repleto de gente, pero estábamos los dos juntos y nada más importaba. Nos comimos una empanada de pino sentados en la arena. Caminamos, miramos el atardecer. Te compré una de esas porquerías de algodones dulces y el viento lo hizo volar, ¿te acuerdas? Con esa escena prefiero quedarme yo, si es que hay que elegir escenas.

Úrsula sonrió por fin. Recordaba muy bien ese día. Si en algún momento se sintió feliz, fue en esa época. Lalo intuía que en el foso más hondo e insondable del corazón de Úrsula aún existía un espacio reservado para él. Escarbando minuciosamente intentaba descubrirlo y a ratos lo lograba. Pero de pronto Úrsula volvía a su papel de rígida y todo se iba a las pailas. Conforme fueron pasando los minutos y las copas de vino, Lalo empezó a ganar más terreno.

—Úrsula —dijo—, tú eres la única mujer a la que he amado en todo este tiempo.

—Lógico, Lalo, si no has visto más que a horrendos convictos.

—Pero Úrsula, por favor, te hablo con el corazón. Realmente tú significas mucho para mí.

Úrsula no dijo nada. Suspiró y dejó que Lalo le cogiera la mano. Sabía muy bien que algo sentía aún por él. Nunca había conocido a otro hombre como Lalo. Esos años juntos eran pasajes inolvidables de su vida.

Quiso olvidarse de todo y recordar esos momentos aunque fuera por unos minutos. Observó la celda llena de luces, parecía un lugar bellísimo. Lalo le hizo ponerse de pie. Le enseñó la línea de tiempo y le explicó cada época evolutiva, los primeros mamíferos, la aparición del hombre. Entonces notó que podía hacer uso de esa explicación para acariciarla:

—Los primeros hombres tenían mucho pelo aquí, en la espalda...

Úrsula estaba maravillada. Por un par de segundos creyó que de verdad el tiempo volvía atrás. Se sentía protagonista de una película romántica, zonza, pero perfecta. Lalo miró sus ojos y se le acercó; pero llegando a sus labios, Úrsula giró la cara. Lalo intentó besarla otra vez, pero Úrsula lo esquivó de nuevo. Lalo la tomó de los brazos y quiso besarla a como diera lugar. Úrsula torció el cuello.

—¡Lalo! ¡Qué te pasa!

Lalo Cartagena le cogió el rostro forzándolo a mantenerlo quieto y ella se defendió empujándolo hacia atrás. Lalo golpeó su espalda contra el dinosaurio. Úrsula se puso del otro lado y quedó protegida por las costillas. Lalo cruzó su brazo por entremedio de la pelvis y el fémur y casi logró cogerla. Úrsula saltó hacia un costado y Lalo, fuera de sí, capturó su muñeca. Forcejearon. Úrsula gritó que no iba a darle un beso, que fue un error ir a visitarlo. Lalo se enfureció todavía más. La quedó mirando con ojos sanguinolentos. Le oprimió el brazo y la condujo hasta una esquina de la celda. Movió una de las baldosas del suelo y Úrsula alcanzó a ver algo así como un túnel. Sintió que Lalo la empujaba hacia dentro, que la obligaba a entrar en ese agujero negro.

—¡Lalo, suéltame! ¡Suéltame!

Un fuerte tirón del lado contrario hizo que Lalo soltara la mano de su víctima.

—¿Qué te está pasando, huevón? —dijo Boticheli salvando a la desesperada mujer.

Lalo Cartagena lo miró con ojos sobresaltados. Úrsula se ubicó detrás de su rescatista.

—¡Eres un animal! —gritó asustada.

Lalo recuperó la razón de golpe. Miró a Úrsula avergonzado y pareció desmoronarse. Boticheli condujo a la mujer hacia afuera de la celda. Lalo permaneció allí, en la misma posición un buen rato más.

41

En el vestíbulo de gendarmería esa mañana, Sergio Lillo increpó a Quiroga por haber sacado a Yanclot de la celda de castigo sin su autorización.

—¿Qué es lo que pasa por tu cabeza? —le preguntó Quiroga—. A ese hombre le iba a dar una pulmonía.

—¡Métete en tus asuntos! —gritó Lillo—. No tenías nada que hacer ahí. ¿Me andas persiguiendo? ¿ah? —preguntó casi pegado a su rostro—. Me las vas a pagar todas, huevón. Acuérdate de lo que te digo.

Quiroga se giró hacia su casillero.

—Estás enfermo —le dijo y continuó repasando sus axilas con la barra desodorante.

Gualdo Tapia hizo instalar un enorme telón de cine en el patio central, varias sillas y un proyector al fondo. El telón se colgó a cuatro metros de altura para facilitar la visión de todos, pero quedó un poco chueco así que se corrigió bajando la esquina que estaba más alta. Quedó bien, o por lo menos eso pareció, ya que mirándolo de más lejos, la esquina contraria ahora estaba más abajo. Volvieron a enderezarlo pero otra vez se desniveló el lado contrario. Corrigieron de nuevo y así, corrigiendo y corrigiendo llegaron con el telón casi hasta el suelo. Allí quedó.

—Perfecto —dijo Gualdo Tapia mirando la hora en su reloj.

Los presos comenzaron a salir al patio y a sentarse en las sillas dispuestas para la función de la película *Jurassic Park*, sugerida por el ministerio de Justicia.

—¿Has visto a Lalo? —preguntó Tito Vermú a Boticheli Hernández.

—No lo he visto hoy.

—Qué raro. Ayer quedó de ir a la lectura y nunca llegó.

El Picle estaba sentado al costado opuesto.

—Picle —llamó Boticheli con discreción—, ¿no has visto a Lalo?

—No —respondió éste.

Boticheli movió la cabeza hacia los lados.

—Lalo está mal, huevón, muy mal. Ayer entré a la 15 y estaba Úrsula, su ex, ¿te acuerdas de ella?

—Claro que sí.

—Estaban forcejeando. Lalo estaba como enloquecido, la quería meter al túnel.

—¿Al túnel? ¿Y para qué?, ¿para esconderla?

—Qué sé yo. Pero ella estaba aterrada. Me vi en la obligación de intervenir.

—Pero si Lalo es un tipo inocuo.

—¿Inocuo?

—Me refiero a que no mata una mosca —dijo el Picle—. ¿Qué le está pasando?

Boticheli guardó silencio ante la ingenuidad de su compañero. Aunque Lalo nunca hablara con claridad de su pasado, él sabía que no sólo una sino varias moscas había matado Lalo antes de llegar a la cárcel. Privilegio que daba el compartir habitación con una persona durante tantos años.

Gualdo Tapia caminó hacia adelante. Se puso frente al telón, cerró los botones de su chaqueta y miró al público.

—Muchachos, es un gusto tenerlos hoy aquí a todos reunidos para disfrutar de una joya del séptimo arte. Me refiero a la popular película *Jurassic Park*, cuya temática les será muy familiar de acuerdo a los intereses que han cultivado este último tiempo. Pero bueno, no quiero arruinarles la sorpresa. Ponga *play*, Bermúdez. Disfruten la función.

La película apenas había comenzado cuando Ganzúa Jiménez, sentado en la tercera fila, vio a Yanclot cruzar el patio seguido por el Chusco y dos mozalbetes bastante fornidos que caminaban a su lado. Yanclot avanzaba cojeando. Tomó asiento y no le sacó los ojos de encima a Ganzúa en ningún momento. Ganzúa Jiménez consideró que aquello se trataba de una provocación. Le habló al oído a uno de sus hombres, miró con furia a Yanclot y haciendo un gesto con las cejas le indicó que se dirigieran hacia el pasillo. Yanclot se puso de pie. Al ver que Ganzúa iba solo, le indicó al Chusco y a los demás que se quedaran allí.

El gran jefe caminó en línea recta por el pasillo varios metros, hasta que dobló y entró a su celda. Yanclot lo siguió lento, dispuesto a tener una conversación que, sabía, sería larga. Apenas hubo cruzado el umbral, el impacto de un fierro en el hombro lo derribó de inmediato. Cayó al suelo con un dolor que pareció que le paralizaba toda la espalda. Una patada se hundió entre sus costillas y un garrote duro le dio el golpe de gracia, azotándole la cabeza contra el piso. Yanclot no se movió más.

Lalo Cartagena se encontraba refugiado en lo más hondo del túnel, preso de la vergüenza. Trató de llenarse de tierra, enterrarse vivo. Sentía un odio profundo contra él mismo y contra la humanidad entera. Tenía las manos rotas. Intentó cavar con las uñas los metros que fueran necesarios para sepultarse. Ahora estaba tirado al fondo del agujero con la cara hundida en el lodo y el corazón latiéndole con fuerza. Oía voces, el sonido de pasos y movimientos en algún lugar. Sentía que desfallecía, que comenzaba a desvanecerse. Escuchaba un eco lejano, ruidos casi imperceptibles, los sonidos de la tierra, pensó, antes de cerrar los ojos y decidirse a no salir nunca más de allí.

Ganzúa Jiménez cogió un estoque, una especie de espada artesanal. La levantó apuntando al cuerpo derrumbado de Yanclot Valdés y un enorme ladrillo fiscal estalló sobre su coronilla, tan fuerte que se desintegró.

Ganzúa cayó de cabeza sobre un par de cajones. El Guatón Delgado limpió el polvillo rojo de sus manos e intentó revivir a Yanclot. Le tomó el pulso. Lo dio vuelta y enderezó su cabeza, liberando el cuello. Entonces un reflejo le hizo respirar. Yanclot abrió apenas uno de sus ojos y lo cerró otra vez. Tomó el brazo de su compañero, se lo apretó. Abrió los ojos y esta vez pareció que eran los ojos del diablo. Ganzúa comenzó a despertar también. Yanclot se irguió con rapidez, como si una bomba de adrenalina hubiese explotado en su interior.

—Quédate recostado un momento —recomendó Delgado—. Te pegaste muy fuerte en la cabeza.

Yanclot no respondió. Agarró a Ganzúa Jiménez del cuello de la camisa y lo empujó contra el muro. Ganzúa se había herido el rostro al caer sobre los cajones de madera, sangraba profusamente. Yanclot sacó un cuchillo del bolsillo de su pantalón, más bien una hoja de Gillette afilada e insertada en el mango de un destornillador roto. Sujetó la cabeza del gran jefe y comenzó la faena. El rugido de los dinosaurios sonando a todo volumen por los parlantes eclipsó el grito desgarrador que emergió desde la celda de Ganzúa Jiménez, golpeando los solitarios pasillos de la galería.

42

La película terminó en medio de abucheos y re-chiflas. El público se puso de pie sintiéndose estafado. Algunos pateaban las sillas, otros comentaban acerca de la enorme cantidad de errores garrafales que conte-nía la cinta: los velociraptores no eran de ese tamaño y además tenían plumas; es imposible que un animal tan grande como el braquiosaurio se moviera con tanta agi-lidad; «el tiranosaurio es un "chistesaurio"», apostilló Torniquete Fernández, «nunca vi algo más absurdo».

Comenzaron todos a volver a sus celdas con un sabor amargo, sintiendo como si les hubieran arrancado arbitrariamente dos horas de vida. Justo Guzmán, el Pi-cle, entró en la celda 15. Lo que se escuchó entonces fue un alarido. Mansopescao corrió a ver lo que sucedía. Al llegar su corazón dejó de latir. Por más que intentó decir algo no salió una sola palabra de su boca. Varios presos fueron agolpándose frente a la puerta de la celda 15. El espanto y la estupefacción recorrieron todos los pasillos de la cárcel. Internos de todos los sectores llegaron al lugar a comprobar con sus propios ojos lo que acababan de oír, que Juan Cachantún Faiste había desaparecido.

Un tipo enorme tocó la puerta de la celda de don Chuma. Remigio Paya, el Chusco, permanecía recostado sobre su cama con los ojos cerrados.

—Adelante.

El hombre ingresó cargando una cajita de fósforos.

—Se lo envía Yanclot Valdés —dijo y se retiró.

El Chusco se enderezó. Acomodó su cojín y procedió a abrir la cajita. Retiró un pequeño papel que decía *"con cariño"*, luego vio una masa viscosa. La cogió con sus dedos. Se trataba de un ojo. Lo examinó detenidamente, le pareció conocido. De pronto sintió que Ganzúa Jiménez lo observaba. Sonrió.

La noticia de la desaparición del dinosaurio se expandió con rapidez. Todos corrían de un lado a otro como si tuvieran la esperanza de encontrar el fósil en alguna celda distinta.

—¡Lalo! —gritaba el Picle—. ¡Dónde está Lalo!

Tito Vermú bajó corriendo al patio a ver si encontraba a Yanclot. Mansopescao caminó en dirección a la oficina del alcaide junto a Cogotero Araya. Pero la reja del final del pasillo estaba cerrada. Un pequeño gendarme de bigotes la resguardaba del otro lado.

—Necesitamos hablar con el alcaide —pidió Mansopescao—. Ábranos.

—No es posible en este momento —le respondieron.

—Es urgente, por favor, permítanos pasar.

—El alcaide está ocupado —dijo el gendarme mirando hacia la pared.

El Picle cargó su rostro contra los barrotes de la ventana de su celda. Logró ver a un grupo de gendarmes tirando dentro del contenedor de basura un enorme armatoste. «Juan Cachantún Faiste», dijo el Picle. «¡Esto no puede estar pasando!».

Boticheli Hernández cruzó el pasillo del segundo piso como si fuera un zombi. Avanzaba lentamente con la vista perdida hacia la celda 52. Los presos a su alrededor corrían en todas las direcciones. Nadie se percató del cuchillo fabricado con lata que Boticheli cargaba firme en su mano derecha. Al entrar, el Chusco se hallaba sentado sobre una silla amarrándose los zapatos. Boticheli ingresó como un robot y levantó el arma. El Chusco lo miró con rostro inexpresivo.

—Déjate de ridiculeces —le dijo mientras se fijaba el calzado—. Ganzúa ya no manda más aquí adentro.

Boticheli Hernández pareció despertar de un estado de sonambulismo. Miró al Chusco con cierta extrañeza. Miró su cuchillo artesanal y lo escondió avergonzado.

—Busca a Yanclot —indicó su ex víctima.

Todos los reos comenzaron a agolparse en las rejas de los pasillos. Gritaban y solicitaban la presencia del alcaide. Los gendarmes retrocedían con algo de temor. Los barrotes eran firmes pero la situación parecía cada vez más álgida.

—¡Dónde está Juan Cachantún Faiste!

—¡Que Gualdo Tapia nos dé una explicación!

—¡Queremos a nuestro dinosaurio de vuelta!

Un grupo de presos, encabezados por Tito Vermú se tomó el acceso sur del primer piso. En ese lugar se hallaba la biblioteca.

—¿Qué es lo que ocurre? —preguntó el profesor Olmedo.

—El Perro Lillo se robó el fósil. Desapareció de la celda.

—¿Lillo?

—Así parece, profesor.

Premunidos de palos y otros objetos contundentes, los hombres comenzaron a golpear las rejas, el techo y los muros generando un ruido ensordecedor en el pasillo.

En el patio, un piquete se agolpó a los pies de Guillermo para gritarle a los guardias de la torre que abrieran la galería que comunicaba con la oficina del alcaide. La pasión del momento no logró que esperaran el tiempo suficiente para la elaboración de una respuesta. Pronto volaron piedras y otros proyectiles. Uno de ellos impactó contra la cabeza de uno de los guardias, dejándolo inconsciente.

Como cada vez que se producía una revuelta, Gualdo Tapia ordenó que se cerraran todos los accesos. Quizás la idea de sacar el dinosaurio de la celda mientras veían la película no fue una decisión muy acertada. Sergio Lillo intentaba convencerlo de lo contrario.

—Manténgase firme, alcaide, que estos salvajes sepan quién manda. La cosa se va a desordenar un poco pero luego se va a calmar, como siempre.

Los guardias de la torre bajaron hacia uno de los puentes en medio de una lluvia de peñascos. Cargaron el cuerpo del funcionario desmayado hacia la enfermería, abandonando el punto de vigilancia. Entonces Cogotero Araya vio una oportunidad.

—La torre —dijo golpeándole el hombro a su colega—. No hay nadie en la torre. ¡Escalemos a Guillermo!

43

En el segundo piso del ala norte, Mansopescao y el grupo de presos que permanecía junto a él comenzaron a intimidar al pequeño gendarme de bigotes que resguardaba la reja del otro lado. Le lanzaron duros insultos y objetos cortopunzantes. El hombre comenzó a inquietarse y a golpear insistentemente la puerta tras él. Pero nadie contestó.

Gualdo Tapia se levantó de su silla.

—Voy a ir a hablar con los presos —dijo—, o esto va a ponerse color de hormiga. Bermúdez, acompáñeme.

Lillo intentó detenerlo en la puerta pero fue inútil. Corrió tras él.

—¡Alcaide!

Gualdo Tapia cruzó el pequeño patio que conectaba con las galerías, su asistente lo acompañó en el trayecto. Este último intuía que esa era la oportunidad que el destino le regalaba para mostrar sus capacidades. Entre sus numerosos estudios técnicos, Bermúdez ostentaba un diplomado en Resolución de Conflictos. Diez años atrás, ese diploma fue el que lo llevó a ser escogido para el cargo de asistente que hoy lo tenía allí. De pronto surcó el cielo una mesa que recordaba a los pupitres del taller de greda. El tablón cayó con violencia y aplastó a Bermúdez. Gualdo Tapia se quedó helado. Un gendarme apareció corriendo en contra.

—¡Alcaide! ¡vuelva a la oficina! ¡los presos cruzaron el pabellón!

Seis gendarmes llevaron a Gualdo Tapia de vuelta a su despacho.

Yanclot Valdés miró hacia el interior de la celda 15 con una expresión de consternación pegada en el rostro. No quedó nada de Juan Cachantún Faiste. Se llevaron todo, hasta la maderita que colocaron debajo de una de las patas para nivelarla. El Picle, abrazado a los barrotes de la ventana, observaba hacia el exterior. Estaba deshecho. Yanclot no pudo expresar con palabras ninguna de las frases que intempestivamente cruzaron su cabeza. Una mano le tocó el hombro. En el pasillo, los hombres de Ganzúa hervían de rabia y bloqueaban el paso. Armados de fierros, tubos metálicos y filudos retazos de madera, se congregaban desafiantes. Era un grupo numeroso. El Guatón Delgado, el Chusco y otros más se pusieron de frente, al lado contrario del pasillo, junto a Yanclot.

—¡Muchachos! —gritó este último—. Ganzúa pasó a la historia, dejemos el conflicto hasta aquí.

De la otra punta nadie respondió. Durante algunos segundos pareció que todos los sonidos kilómetros a la redonda se detenían de pronto. Los hombres de Ganzúa Jiménez se acercaron con decisión batiendo sus rudimentarias armas. Yanclot fue protegido y uno de los tipos corpulentos que antes fue guardaespaldas de don Chuma, saltó al frente, trenzándose en una batalla desigual que a todos los observadores puso los pelos de punta. En pocos minutos lo redujeron a golpes de madera y metal. Yanclot y el resto de sus hombres, tomados por sorpresa en ese lugar, mantuvieron su posición. Los otros se acercaron para la segunda y final embestida. Pero a mitad del pasillo se detuvieron. Comenzaron a escucharse ruidos extraños, sonidos graves, como si algo se estuviera derrumbando, como si una máquina de demoliciones estuviera echando abajo un par de muros. Desde la zona posterior a los atacantes comenzaron a oírse quejidos atronadores y se vio gente volando. Los gorilas de don Chuma tomaron al grupo por la retaguardia y avanzaban como una formación de tanques que arrasa con todo a su paso. Pescados por sorpresa, varios se echaron a correr. Otros intentaron defenderse sin mucho éxito. Una sola de las enormes manos de estos tipos estrujaba la garganta con tal fuerza que dejaba fuera de combate en segundos.

Gualdo Tapia se dirigió a la sala de monitores para ver lo que estaba ocurriendo en los distintos puntos del penal. La cámara 1 mostraba la batalla campal en el pasillo del primer piso entre los hombres de Ganzúa Jiménez y Yanclot. La cámara 2 mostraba a varios presos fustigando a un guardia que, del otro lado de la reja, golpeaba insistentemente la puerta para que le dejaran salir. La cámara 3 mostraba a Boticheli Hernández sentado en una esquina del patio central, cubriéndose la cabeza con ambas manos. La cámara 7 fue la que logró más contracciones en el rostro de Gualdo Tapia. En la imagen podía apreciarse a Cogotero Araya intentando trepar a Guillermo en una acción suicida mientras los demás le gritaban desde abajo que no lo hiciera, que era peligroso. El enorme muro parecía un coloso quieto, aguantando con tierna paciencia que una pulga subiera por su espalda.

—Cámbiate de canal —ordenó el alcaide al encargado—. No quiero ver el momento en que ese pobre cristiano se rompa la cabeza.

El monitor volvió a mostrar la pelotera en el primer piso.

—Pero cómo pelean estos salvajes, ¿se volvieron locos? —Cogió una radio que encontró sobre el escritorio—. Aló, Lillo. Llévame varios funcionarios a detener la trifulca en el pasillo del primer piso ¡está quedando la escoba!

Nadie respondió del otro lado. Sergio Lillo prefirió apersonarse en la sala de monitoreo.

—Alcaide —dijo Lillo cerrando la puerta tras de sí—, con todo respeto, los presos están enajenados. Si nos metemos al medio nos linchan.

—Hay que detener esto de alguna forma o nadie va a quedar vivo —contestó Gualdo Tapia.

—Habrá que ver cómo, pero yo no voy a meterme allá adentro por nada del mundo, alcaide.

Gualdo Tapia pensó en una solución rápida. Salió en dirección a la sala de control y le pidió al funcionario que cortara la luz en todas las galerías.

—¿Está seguro, alcaide?

—Sí, huevón, ¡apaga todo! Sin ver un carajo estos animales no van a poder seguir peleando.

El hombre abrió una cajuela metálica y bajó los interruptores de todas las secciones. La luz se fue en todas las galerías. La cárcel quedó a oscuras.

44

En el momento que las luces se apagaron, la trifulca en el primer piso se detuvo. Sin ver hacia dónde dirigían sus puñetazos, muchos se tupieron, otros se paralizaron. Ambos frentes retrocedieron con el temor y la incertidumbre que genera la oscuridad total.

Cogotero Araya trastabilló en su escalada a Guillermo, pero logró sostenerse pese al pánico que generó en aquellos que miraban su proeza desde la cancha.

El profe Olmedo se hallaba en la biblioteca leyendo una antología de poemas referentes al arte culinario titulado *Poetas en la cocina*. El apagón lo sorprendió en mitad de un poema de Ezra Pound sobre panqueques. Permaneció un rato más sentado en el mismo lugar con la esperanza de que la lámpara volviera a encenderse. La oscuridad en esa biblioteca era total y le pareció que la ausencia de luz acrecentaba el frío. Se envolvió en su manta. Intentó coger su taza de café para entrar en calor, pero la golpeó sin darse cuenta y derramó el líquido sobre la alfombra.

—¡Cresta! —dijo molesto.

—Profesor —llamó una voz desde el pasillo.

—Aquí estoy, sentado en el escritorio.

Los pasos se acercaron. Un sonido rasposo y unas chispas que surgieron en medio de la oscuridad dibujaron una pequeña llama.

—¿Qué pasó con la luz, Quiroga? —preguntó Olmedo al gendarme que intentaba hacer durar el combustible de su encendedor mucho más de lo que prometía el producto.

—No tengo ni la menor idea, profesor.

Más ruidos se oyeron en el pasillo. Mansopescao y otros dos reos ingresaron a la biblioteca atraídos por el débil resplandor luminiscente que emanaba de esa minúscula antorcha.

—¿Alguien sabe qué pasó con la luz? —preguntó Mansopescao.

—Nadie sabe —respondió Quiroga.

—Estábamos con un grupo de muchachos exigiendo una explicación de parte del alcaide por el robo del dinosaurio cuando quedamos a oscuras. Nosotros tres caminamos hasta aquí, el resto se perdió en el camino.

En el pasillo del primer piso, la falta de luz generó una silenciosa nube de intriga, quebrada solamente por alguno que otro quejido aislado. El Guatón Delgado tomó del brazo a Yanclot para hacerle saber que estaba junto a él. Aprovechando el cese de sonidos producido por la oscuridad, Yanclot vociferó enérgicamente:

—Muchachos, dejemos ya este pleito sin sentido. Les habla el sucesor de don Chuma. Ganzúa Jiménez pasó a la historia. Ya no es más el gran jefe. Quienes están conmigo están conmigo. Quienes no, agarran sus cositas y me despejan todas las celdas del ala norte. A partir de hoy estarán en mi contra.

Aquellos que se hallaban del lado de Yanclot comenzaron a sentir la pequeña brisa que se produce cuando alguien se aproxima. Parecía que la densa oscuridad ofrecía la discreción perfecta para quienes querían dejar una vereda y cruzar a la otra.

—¡Traidor! —gritó una voz solitaria desde la otra punta—. ¡Nunca besaremos tu mano! ¿Cierto Belfor? —preguntó a alguien junto a él—. ¿Belfor…?

Yanclot y el Guatón Delgado sin ver más que una cortina negra cernida sobre sus ojos, percibieron el numeroso grupo humano que lentamente iba configurándose junto a ellos.

—Sigan mi voz —dijo Yanclot—. Dejaremos las discusiones para más tarde, ahora enfoquémonos en lo primordial: hay que recuperar a Juan Cachantún Faiste.

Todos gritaron efusivamente en señal de apoyo. El grupo caminó por uno de los pasillos centrales, asumiendo, todos, que iban hacia el mismo lugar. Sólo se escuchaba el ruido de los pasos golpeando el suelo áspero de la cárcel y alguno que otro embate imprevisto contra un muro en el proceso. Al fondo el pasillo conectaba con otro pasillo lateral y ese daba a un patiecito que conectaba con la oficina de Gualdo Tapia.

—¡Baja de ahí, Cogotero! —gritó el Picle a los pies del muro—. ¡Soldado que baja sirve para otra batalla!

—Que arranca —corrigió una voz más allá—. Soldado que arranca.

El Picle entrecerró los ojos para ver de quién se trataba en medio de la oscuridad. Era Boticheli Hernández.

—¿Soldado que arranca sirve para otra batalla es? —preguntó el Picle.

—Sí.

Un pedacito de muro cayó junto a ellos. Ambos miraron hacia arriba.

—¡Esa es la idea, par de amermelados! —gritó Cogotero desde las alturas—. ¡Servir para otras batallas!

Y un pie se le resbaló, pero su mano derecha logró asirse con firmeza a un hueco del concreto.

—¡Pero de qué batallas estás hablando, Cogotero! —dijo el Picle—. Madre mía, este huevón me tiene espeluznado.

—¿Viste a Lalo? —preguntó Boticheli.

—¿No estaba contigo?

A tientas, el grupo de Yanclot comenzó a acercarse al corredor que conectaba con la dirección. Doblaron en el tercer pasillo a la derecha y al cabo de un momento el ruido de los numerosos pasos que venían detrás comenzó a apagarse. Yanclot se detuvo. Al no ver nada, el Guatón Delgado impactó tras él.

—¿Qué pasó con los demás? —preguntó Yanclot—. Muchachos, ¿siguen con nosotros?

—Aquí seguimos —dijo una voz solamente.

Un sentimiento de extrañeza les recorrió y aunque estaba oscuro la sensación colectiva fue más clara que una palabra dicha.

—A ver… —propuso Yanclot—, que todos los que están aquí digan "yo" una vez.

Tres "yo" fueron los que se escucharon. Yanclot contrajo el rostro en una mueca de confusión que nadie pudo ver.

—¿Y qué pasó con los demás? —preguntó.

—Deben haber seguido de largo —respondió Delgado—, hacia el depósito de basura.

Yanclot repasó su rostro con una de sus manos y escuchó que alguien le llamaba a sus espaldas. Se trataba de Mansopescao, cuyos ojos aparecieron entre las sombras gracias al fuego de un pequeño encendedor:

—Muchachos, estamos aquí en la biblioteca.

Olmedo yacía sentado en uno de los sillones. Quiroga intentaba comunicarse con el alcaide por radio. Nadie contestaba. Yanclot ingresó a la biblioteca seguido del Guatón Delgado y otros dos convictos que venían con ellos.

—Estamos a la espera de que restituyan el suministro —explicó Mansopescao.

—No van a reponerlo —aclaró Yanclot—. Gualdo Tapia quiere sofocar los incidentes que él mismo provocó al sacar a Juan Cachantún Faiste de la celda 15.

—Lillo fue quien hizo la denuncia al ministerio de Justicia —explicó Quiroga—. Esa es la verdad de la milanesa.

Un sentimiento de convicción absoluta en las palabras del gendarme circuló entre quienes se hallaban al interior de la biblioteca. Y aunque nadie dijo nada, todos sintieron lo mismo.

—Bien, haremos lo siguiente —propuso Yanclot—: iré a buscar al Chusco y reagruparé a los que venían con nosotros. Estaré de vuelta en treinta minutos.

—¿Te acompaño? —preguntó Delgado.

—No, prefiero que te quedes aquí. Iré con Mansopescao.

Y ambos se hundieron en la espesura de las sombras.

45

Pasó cerca de una hora. La cárcel seguía en penumbras y Yanclot todavía no regresaba. El Guatón Delgado comenzó a impacientarse. Los ánimos estaban en ebullición y aquello no contribuía a su calma. Dio algunas vueltas en círculo, se asomó al pasillo a ver si lograba oír algo. Las gotas de sudor comenzaron a invadir su frente.

—Voy a ir a buscarlos —lanzó.

Pero antes de salir de la biblioteca, se volvió hacia Quiroga y adivinando su posición en la oscuridad dijo:

—Préstame el encendedor o no veré una mierda en esta boca de lobo.

Quiroga le hizo entrega del aparatito. Delgado salió rápidamente en dirección al pasillo de la izquierda para entonces entrar a las galerías del primer piso. Mientras caminaba encendió la pequeña mecha. Al hacerlo advirtió numerosos presos sentados en el suelo, figuras fantasmagóricas que al ver la luz parecían revivir de un letargo de siglos.

—Muchachos, ¿dónde está Yanclot? —preguntó el Guatón Delgado, sin recibir más respuesta que el robo fortuito del precioso elemento por parte de esos derrotados prometeos, confinados a varios años y un día tras las rejas.

Los hombres hicieron antorchas a base de trapos, palos, tubos de cartón y botellas de plástico, las que al quemarse despidieron un hedor tóxico que inundó todo el sector en pocos minutos. El problema vino después. El fuego consumió lo que llevaban en sus manos muchísimo más rápido de lo que lograron presupuestar.

Yanclot regresó a la biblioteca. Cuando le explicaron que el Guatón Delgado había salido a su encuentro llevando un encendedor como farola ya era tarde. Comenzó a sentir ese pesado aroma que despiden las llamas cuando logran avanzar chamuscando todo a su paso. Los ojos empezaron a arder. El humo espeso se abrió camino por entre los pasillos intentando escapar como un preso más de esa cárcel.

Nadie supo con seguridad cuál fue el foco inicial, pero en un breve lapso de tiempo las lenguas de fuego se elevaron hasta alcanzar el techo. Se detonaron estampidas en todas las direcciones. La desesperación nubló la acción de la mayoría. El fuego avanzó de forma implacable, cociendo todo lo que ingenuamente trataba de cerrarle el paso. Las alarmas contra incendio se calcinaron antes de sonar. Los pocos extintores con los que se disponía estaban caducos. Con algo de suerte escupieron una miseria de polvo magro.

La cárcel se iluminó en su integridad por acción del fuego. La madera de las camas y los colchones ardieron como montoncitos de paja. El humo surgió como un homicida silencioso desbordando las vías respiratorias de los internos.

—¡Hay que salir de aquí! —ordenó Yanclot en la biblioteca—. Estos libros van a prenderse más rápido que el tiempo que nos tome huir.

—¿Y para dónde iremos? —gritó Olmedo.

—Al patio central. Cruzaremos el fuego, no queda otra.

Cuando Gualdo Tapia vio las primeras llamaradas a través de la pantallita, el fuego ya se había expandido de manera preocupante. De inmediato llamó a los bomberos y envió a Lillo con las llaves para abrir todos los accesos. En una emergencia de esa magnitud tenían que priorizar las vidas humanas.

La cámara 7 mostró a Cogotero Araya conquistando la cima del muro. Una densa nube de humo negro, emergida desde una de las ventanas, cubrió su imagen por algunos segundos. Al pasar la nube, Cogotero ya no estaba más.

El corredor que conectaba con el patio central se encontraba bloqueado por el derrumbe de una viga.

El Picle, Boticheli Hernández y otros más intentaban despejar la salida al tiempo que se quemaban las manos. Del otro lado, Yanclot, Mansopescao y un nutrido contingente de presos desesperados luchaban por salir.

Al fondo del túnel, Lalo Cartagena pareció despertar. Olisqueó el aroma espeso del fuego quemando plástico, madera y carne. Despegó su rostro del barro e inhaló profundamente produciéndole una fuerte tos que casi rasgó su garganta. Se levantó con lentitud y comenzó a subir la escalerita haciendo el mayor de los esfuerzos. Había perdido las energías y sentía que la cabeza le daba vueltas. Al ir llegando a la superficie el calor se hizo cada vez más insoportable. Y cuando salió del agujero vio la celda 15 convertida en una hoguera. *Ahora sí que la cárcel es un infierno con todas las de la ley*, pensó. Intentando despejar el humo de sus ojos trató de ver al hadrosaurio. Golpeó con su brazo en todas las direcciones y no palpó nada similar a un hueso fósil. Reptó intentando aprovechar el poco oxígeno que quedaba a ras de suelo y tocó algo así como una pierna. Se trataba de Tito Vermú completamente desvanecido. Más allá vio al gendarme Quiroga y a Olmedo, ambos tirados en el piso y respirando a punta de convulsiones. La puerta de la celda se derrumbó cubierta en llamas. Lalo tiró de las pantorrillas a Olmedo y Quiroga hasta hacerlos entrar en el túnel. Lo mismo hizo con Tito Vermú, quien se desplomó hacia el fondo como un saco de harina. Al interior del foso el aire estaba fresco aún. Quiroga se dejó caer en la tierra húmeda resoplando agitadamente. La falta de oxígeno le pasó la cuenta, disminuyó su presión y terminó por desmayarse junto a Tito Vermú. Lalo bajó la escalera cargando a un Olmedo desfalleciente.

—Arreglaron la calefacción —murmuró este, antes de perder totalmente el conocimiento.

Lalo Cartagena emergió a la superficie otra vez. Tenía que salvar a Juan Cachantún Faiste o lo que quedara de él. Por más que intentó abrir paso a su vista entre el humo, nada logró distinguir. Comenzó a experimentar un fuerte mareo. Las vías respiratorias se le saturaron de hollín. Alguien tiró de su brazo en dirección al túnel. Entre el fuego pudo ver que se trataba de Mansopescao. Luego todo se volvió gris.

46

El avión aterrizó en Arturo Merino Benítez a las dos de la tarde. Una comitiva del Gobierno y la embajada de Inglaterra en Chile esperaban a John Allen en la loza. El avión que traía al director del Museo de Historia Natural de Londres arribó con una puntualidad admirable. A la salida del aeropuerto, John Allen fue conducido en limusina al lugar donde se efectuaría la recepción oficial. Al ministro de Cultura, presente en el encuentro junto al resto de las autoridades, la centolla del cóctel le hizo recordar la inauguración de la biblioteca de la cárcel algunos años atrás.

El almuerzo contó con faisanes al escabeche y boconccinos de pudú acompañado de trufa turkmenistana. De postre, plátano con yogurt. Al finalizar el almuerzo, el canciller se acercó al invitado.

—Querido John, para nuestro país es realmente un honor contar con su visita. Sepa que estamos muy honrados de tenerlo aquí. Usted, John, es un gran representante de la cultura, ese pasatiempo tan bonito sólo superado por el deporte, hay que decirlo, ¿ah? —dijo el canciller soltando una risita—. Es que soy hincha de un equipo de fútbol —explicó ante la estupefacción del inglés—. John, usted representa la buena cultura, la entretenida, la de los grandes monos de goma, los monos disecados, los "no tocar". Debo confesarle que a mí siempre me gustaron los museos. Cuando chico soñaba con tener un museo propio. Pero al final la vida tiene otros planes, hace que uno estudie, entre a la universidad, tenga un trabajo. —John Allen escuchaba cada una de las frases con una expresión de absoluto desconcierto estampada en el rostro—. Bueno, no quisiera aburrirlo más con mis historias. Ahora queremos invitarlo a ver cómo trabajan los rotos en la Vega, que es algo muy pintoresco aquí, especial para que saque fotos.

—Disculpe, señor canciller —dijo John Allen—. Agradezco mucho el ofrecimiento, pero vengo por pocos días y la verdad es que hay un solo lugar al que me interesa ir en este momento y es a la cárcel.

—¿A la cárcel? —preguntó el canciller—. Ya no hay cárcel, John. Se la tragó un voraz incendio hace algo así como un mes. Fue una catástrofe monumental, ¿no se vio en las noticias allá?

En el lugar que antes se hallaba la cárcel hoy sólo quedaban los vestigios carbonizados de una construcción informe. La mayor parte de sus muros se habían deshecho y los fierros que antes cerraban las ventanas hoy lucían derretidos, achurruscados. Los técnicos seguían recabando datos en el sitio. El número de decesos era amplio y a medida que continuaban las indagatorias, este aumentaba. Las pesquisas arrojaron que los accesos nunca fueron abiertos. Cuando el fuego alcanzó su punto de devastación máxima, las rejas y puertas siguieron clausuradas, entregando a todos los seres humanos tras ellas a la suerte de las llamas. En el primer piso, bajo los escombros, uno de los especialistas encontró algo así como la entrada a un túnel. Luego de estudiarlo desde afuera, uno de ellos bajó a investigar atado a un cordel. El lugar estaba en perfecto estado y se pudo constatar que hasta allí no había llegado el fuego.

Más tarde, la delegación acompañó a un contrariado John Allen al Museo de Historia Natural de Quinta Normal. Llegando a una sala enorme, en cuyo centro sólo se veía un zócalo de madera color blanco protegido por un gran cubo de vidrio pero sin nada en su interior, el canciller tomó la palabra.

—Estimados amigos, colegas y periodistas presentes. Queremos aprovechar esta ocasión única en que se encuentra con nosotros una personalidad de marca mundial para dar a conocer una noticia que nos llena de orgullo. Imagino que aquí todos recordarán esa gran película dirigida por Steven Spielberg llamada *Jurassic Park*, ¿cierto? Pues bien, este lugar que ustedes ven aquí, vacío aún, a partir de la otra semana contará con una réplica exacta de una pata de tiranosaurio-rex. —La gente aplaudió a rabiar—. Este enorme esfuerzo ha sido posible gracias a la labor del Gobierno junto al ministerio pertinente, para lograr que todos los ciudadanos de nuestro país tengan más y mejor cultura. Nos complace anunciar además que esta sala será bautizada como "Sala John Allen", en honor a nuestro distinguido invitado. Visitarla sólo tendrá un costo adicional de dos mil pesos al *ticket* de entrada. John, por favor, toma las tijeras. Queremos que seas tú quien corte la cinta.

La gente volvió a aplaudir, esta vez mirando al todavía perplejo director del Museo de Londres.

Mientras esto ocurría al interior, afuera del museo un profesor de Historia, llevando una caja bajo el brazo, intentaba ingresar por uno de los accesos laterales.

—Mi nombre es Marcelo —decía con absoluta convicción—. Vengo a reunirme con John Allen. Me está esperando.

Los enormes guardias se miraron. Enderezaron sus gorras y una sonrisa se les dibujó en el rostro.

—No se puede pasar.

—¡Pero hombre! Si les estoy diciendo que el tipo me está esperando. Vaya y pregúntele.

—Mira pelafustán —dijo uno de ellos—, ándate a molestar a otra parte si no quieres que te saque yo.

Aquí sólo puede entrar gente importante, ¿me escuchaste? Ya, ¡partiste! —Y le hizo un gesto amenazante con la mano.

Viendo que la posibilidad de salir con dos dientes menos era bastante plausible, Marcelo prefirió apartarse, llevando su caja con él y refunfuñando para sus adentros. Un poco más allá tomó asiento en el borde de una fuente de agua. Se acomodó en una orilla, bajo la minúscula sombra de un sauce reseco. Cuánto hubiera dado por tener un cigarrillo con él en ese momento.

47

Transcurrió algo más de un mes desde el incendio de la cárcel. Gualdo Tapia y varios funcionarios de gendarmería resultaron con quemaduras de primer grado y permanecían en el hospital bajo estricta supervisión médica.

Sergio Lillo se mudó de ciudad con toda su familia. Temía, con justa razón, algún tipo de represalia de parte de los escasos internos sobrevivientes del fuego. Durante la tragedia, y adelantándose a los hechos que cabían dentro de las posibilidades de un futuro no demasiado distante, Lillo desoyó la orden del alcaide. Nunca despejó las salidas. Al contrario, tuvo la precaución de asegurarse que todos los accesos, en todas las galerías, permanecieran estrictamente bloqueados. Probablemente pensó que así sepultaría el testimonio de sus acciones más infames, que la santa providencia le estaba dando una oportunidad única en forma de paisaje infernal y que debía tomarla cerrando los pestillos. Sergio Lillo arrancó minutos antes del colapso final. Cuando el techo se vino abajo, un agujero se abrió en una de las paredes hacia el exterior. Varios presos alcanzaron a escapar por ahí. Luego caería uno de los muros. Guillermo, sin embargo, no se movió un solo centímetro.

Las primeras informaciones sobre el paradero del Perro Lillo apuntaron a la ciudad de Coquimbo, luego a La Serena. Cuando lo encontraron caminaba apaciblemente por La Recova. Buscaba una bandeja de papayas confitadas de bajo costo para enviar de regalo a uno de sus parientes en Santiago y salir del cacho. Trabajaba de guardia en un local nocturno de la zona.

El Chusco estuvo encargado de su secuestro, si es que puede llamarse secuestro a algo que fue tan pacífico. Lo interceptó en uno de los patios de La Recova. Cuando Lillo lo vio, tomó una de las salidas pero fue acorralado por otros dos hombres. En menos de un minuto lo sacaron caminando hacia un sector despejado de curiosos. Lo sentaron en un asiento de madera y el momento tuvo algo de esa emoción que todos los reencuentros llevan consigo. Alrededor suyo el ex gendarme solamente vio rostros conocidos. Intentando apelar a los sentimientos dijo:

—Muchachos, yo dejé atrás el pasado. Ahora trabajo en algo distinto. Tengo una hija pequeña.

Todos soltaron una carcajada al unísono.

—¿Y para qué nos cuentas eso, huevón? —preguntó el Chusco riéndose—, si acá todos somos delincuentes y los delincuentes tenemos corazón de piedra.

Entonces, por uno de los costados apareció un hombre cojeando con lentitud. Se acercó al grupo con tanta calma que parecía disfrutar de los pasos que con dificultad sustentaban su avance. Yanclot sabía que ese momento se presentaría algún día, tarde o temprano, pero llegaría. Y ahora que estaba allí no quería que se fuera tan rápido. Cuando estuvo frente al Perro Lillo miró detenidamente su rostro. Aunque Lillo evitó en todo momento exteriorizar su pánico, la contracción de los músculos faciales y la expresión de sus ojos ofrecían signos inequívocos. Por su parte Lillo sabía bastante bien que enfrentaba su peor escenario. Ninguno de los presentes se arrugaría un milímetro al momento de devolverle todos los favores pendientes desde hacía tantos años, con sus respectivos intereses. A Lillo le hubiera gustado poder decir: «Amigos, no se preocupen, la deuda está saldada, no hay nada que pagar, vayan con Dios». Pero no tenía duda que esta gente, si algo tenía de noble, era su absoluto compromiso con las deudas contraídas. Lillo fijó su vista detrás de Yanclot, como si esperara a alguien más.

—El Guatón murió en el incendio —dijo él, leyendo esa duda en los ojos del gendarme—. Quedó atrapado bajo un bloque de concreto. No pudimos salvarlo.

Lillo pensó en soltar la frase «es una lástima», pero aquello podría hacer bullir el odio del grupo todavía más y apurar las cosas o ponerlas peor. Prefirió callar y elegir la opción odio del recuerdo, que al interior de su cabeza visualizaba con tonos más suaves.

Lo empujaron hacia un lugar solitario, bajo un puente de la carretera. Ahí le dieron una golpiza brutal. El Perro Lillo no recordó haber experimentado tanto dolor nunca antes. Tales fueron los golpes que parecía que los músculos de todo el cuerpo se le hubiesen dormido, ya no sentía ni la mandíbula. Pero hasta los peores castigos terminan en algún momento. Sintió una patada final en el tórax y escupió sangre por última vez. Se retorció de dolor y permaneció inmóvil algunos minutos intentando respirar. Podría haber sido peor. Cuando los ruidos cesaron y notó que ya estaba solo, reptó hacia una máquina lavarropa abandonada que vio cerca de su posición. Se aferró a ella con ambos brazos. Intentaba hacer un esfuerzo para levantarse cuando escuchó la voz de Yanclot Valdés a sus espaldas:

—Muchachos, dejo en sus manos a este pobre infeliz. Ustedes verán lo que hacen con él —finalizó para luego marcharse en dirección a una parada de autobuses.

Lillo sintió que alguien le arrancaba el pantalón de un manotazo y desnudo como estaba intentó cubrirse. Algo enorme ingresó por su ano abriéndose paso a la fuerza, arrasando con lo que fuera que pusiera un mínimo de resistencia al acceso y desgarrando otro tanto. Lillo dio un alarido, el primero de varios.

A las cuatro de la tarde, John Allen subió al avión sintiendo que su viaje no fue más que una pérdida de tiempo. Se imaginó a un tipo lavando acuciosamente su auto justo el día antes de un aluvión, para sentir que existían cosas peores. Puso su cabeza en el respaldo del asiento dispuesto a dormir cuando escuchó a una de las azafatas pronunciar su nombre.

—John Allen… ¿John Allen?

—Soy yo.

—Le enviaron este paquete.

Y la mujer le hizo entrega de algo parecido a una caja grande de zapatos envuelta en papel de diario. John la recibió extrañado. El avión aún no partía así que aprovechó de abrirla para revisar su contenido. Se trataba del fósil de una pata de hadrosaurio, estaban todos los dedos y el empeine intacto. Junto a la reliquia venía una carta. John abrió el sobre y leyó:

Querido John, te escribe Marcelo.

Es una lástima que no pudimos vernos. Fue imposible. Desde que se supo de tu visita, la cancillería quiso tener el protagonismo. Me hicieron a un lado y por más que intenté contactarte, no lo logré. Pero bueno, el asunto que me tiene escribiendo esta carta es lo poco que se pudo recuperar del fósil que desenterraron los presos. Esto gracias a la ayuda de un buen gendarme que hurgó la basura calcinada luego del incendio. Aún me cuesta creer que el resto de lo que conformaba una pieza así de relevante se haya extraviado debido a la insensatez y la ignorancia de la gente que ostenta el poder. Sin duda que esta mínima parte del hadrosaurio de la cárcel que te hago llegar, a partir de ahora estará en buenas manos. Dicho esto, no te quito más tiempo. Buen viaje de regreso a Londres.

Marcelo.

PD: el nombre del fósil es Juan Cachantún Faiste y su descubridor Lalo Cartagena, para que, por favor, lo agregues al rótulo de la pieza en la vitrina del museo.

48

Dicen los testigos que lo que se vio entonces parecía una bola de fuego incandescente que se consumía a sí misma. Desde la distancia podía llegar a confundirse con la boca de un volcán en erupción, pero una erupción contenida. Restos de telas, papeles calcinados y cenizas llovieron kilómetros a la redonda durante varios días. El humo se posó como una neblina negra sobre los predios y la carretera contigua y se mantuvo allí hasta que el viento la deshizo.

Al emerger desde las entrañas de la tierra el paisaje que surgía frente los ojos parecía una escena sacada de una novela distópica, la más inverosímil. Parecía algo así como la superficie de un planeta yermo, deshabitado y estéril. La gigantesca fortaleza carcelaria no era más que una ruina carbonizada, un montón de escombros. Cruzando lo que quedaba de lo que antes fue la celda 15 se podían escuchar voces, diálogos que probablemente el fuego atrapó en el material que ni todo el calor pudo deshacer. Presos caminando por el pasillo, jugando a la pelota en el patio, rayando líneas en las paredes. Al sonido propio de las pisadas en el suelo se sumaba el crujido sutil de infinitos pedazos de huesos carbonizados, repartidos de forma invisible por todos los rincones de esa prisión.

Limpió su rostro con la manga de la camisa y lo ensució más. Caminó algunos metros en dirección al patio. Ahí estaba Guillermo. Firme, enorme, nunca flaqueó, no se movió un solo centímetro. Al pasar por su costado la sensación era similar a cruzar frente a una divinidad. El poder que despedía doblegaba la moral, condenaba desde las alturas la pequeñez de la criatura humana. Provocaba un fuerte bombeo en la sangre que no se detenía hasta que se estaba lejos.

Siguió caminando. Una parte del techo del ala norte lucía desplomado sobre una zona del muro que se había horadado por acción de su peso. El agujero no era muy grande, pero su tamaño parecía suficiente para propiciar una fuga. Aun cuando del otro lado varios metros lo separaban del suelo.

Caminó en diagonal como un fantasma, atravesando los muros desplomados y lo que antes fue la reja divisoria de los patios. Miró de pronto sus pies. Llevaba una zapatilla hecha añicos, el otro pie descalzo. Si no hubiese mirado al suelo no habría notado jamás el detalle. Entonces vio un guijarro alargado. Se agachó, lo cogió y la garganta se le hizo un nudo. Sus ojos parecieron volverse agua. Lo guardó en su mano, lo apretó con fuerza y siguió caminando en línea recta, hasta que la cárcel lentamente fue quedando atrás. Quiso andar en línea recta sin la necesidad de tener un destino claro. *Es mi oportunidad*, pensó. Aunque estaba cansado, débil y no había comido hacía días, quiso seguir. Caminaría hasta que el agotamiento lo derribara o hasta que la fatiga lo hiciera desvanecerse. O hasta que el corazón le estallara en mitad del camino. Pero caminaría en línea recta, ese era su mayor anhelo.

Capítulo final

Cayó la tarde en la ciudad. El sol del crepúsculo tiñó de naranjo las hojas del boldo al centro de la plaza. Un espectáculo bellísimo que la temprana activación del alumbrado público eclipsó enseguida. Aunque todavía reinaba un poco de luz de día, las farolas de la calle se encendieron todas al mismo tiempo.

Boticheli Hernández permanecía sentado en una banquita, frente a ese boldo central sin prestarle mayor atención. Hacía ya mucho tiempo que había abandonado la esperanza de intentar maravillarse por algo en la ciudad. A su lado reposaba un libro de botánica completamente sellado. Libros era lo único que robaba en la actualidad, si es que algo robaba. Ya no tenía ánimo de delinquir. El incendio de la cárcel cumplió con arrebatarle todas sus aspiraciones y la mitad de la pierna izquierda. Tres años discurrieron desde entonces.

El ruido de unos pasos torpes deslizándose sobre la gravilla de la plaza le advirtió la llegada de visitas. Justo Guzmán se dejó caer a su lado con cansancio, como si hubiera caminado toda la tarde. El Picle había perdido su brazo derecho. Inmediatamente después de perderlo se autoproclamó el Manco, deshaciéndose por fin de su sobrenombre de Picle (nadie nunca supo por qué le llamaban así), adoptando uno mucho mejor que le hacía recordar a Clint Eastwood en la *Trilogía del dólar*. Por supuesto nadie hizo caso de la sugerencia y siguieron llamándole Picle o el Tullido, que incluso era peor que Picle. Sin embargo el Picle nunca se cansaba de recalcar que ahora quería ser llamado el Manco.

—Toma, te traje una revista *Condorito*.

—No —dijo Boticheli—. No quiero saber nunca más nada de Condorito, me deprime.

El Picle dejó la revista sobre el asiento.

—Asaltar con un puro brazo —comentó—, no sabes lo difícil que es. Le pongo la pistola en el pecho al gil, para que me entregue la billetera. Pero cuando me la pasa no tengo como agarrarla. Entonces lo que hago es ponerme la pistola debajo de la axila para desocupar la mano. En ese momento el tipo aprovecha de arrancar. Luego me insulta desde la otra cuadra. Oye y me han dicho cosas terribles de hirientes. Vejatorias te diría, lacerantes, punzantes...

—Ya estamos viejos para andar robando, Picle. Más aún con estas limitaciones.

El Picle miró la luz del atardecer reflejada en las infinitas hojas de ese boldo frente a ellos y suspiró.

—Hablé con Yanclot, ¿te conté?

—Para nada.

—Le pedí que me aceptara en su banda. Lo noté complicado. Al final me dijo que no, que lo pasado en la cárcel quedó allí y que ahora cada cual debía tomar su propio camino.

—Tiene razón. Ayer estuve con Mansopescao —contó Boticheli—. Está a cargo del Museo Dillman Bullock, en Angol.

—Puta que me alegro, ¿oye y es cierto que Tito Vermú ahora es profesor de Antropología en una universidad de España?

—No lo sé, no lo creo, pero me gustaría quedarme con esa idea. Del que no se supo nunca más nada fue de Cogotero. Nosotros fuimos los últimos que lo vimos cuando escaló a Guillermo y llegó a la cima, ¿te acuerdas? Nunca se encontró su cuerpo. Se asume que logró escapar.

—Y Mansopescao... —preguntó el Picle— ¿dijo algo nuevo de Lalo?

—Nada, lo de siempre nomás. Que estaba en el túnel con él, con Olmedo, Quiroga y Tito Vermú. Y si todos ellos sobrevivieron, tiene que estar vivo. En alguna parte, pero vivo.

—Echo de menos la cárcel —comentó el Picle con un sonsonete melancólico—. Teníamos almuerzo todos los días, cama, techo, conversaciones amenas. Y de repente todo se fue a la mierda. Esta vida está hecha para que todo siempre se vaya a la mierda... ¿te has dado cuenta? No podemos encariñarnos con nada, ni con la mierda misma, porque hasta esa mierda puede irse aún más a la mierda. Terrible.

Boticheli reflexionó acerca de las palabras que le escuchó decir al Picle. Por primera vez le halló razón.

Agradecimientos

A todos quienes de una u otra forma colaboraron y apoyaron con sinceridad, para que esta novela pudiera terminar de escribirse. Entre ellos a Juan Pablo Fuentes, quien le tuvo fe desde el principio, a Rodrigo Torres, Hontavilla y Medina (aunque este último huevón leyó, con suerte, 20 páginas). A Cony por su incondicional apoyo, a Caro Pesce y Andrés Tirado, por la salvada que me pegaron cuando escribía esta novela en Buenos Aires. A Marina Caamaño y a Mar Lastra por sus agudezas literarias, y a Ani Palacios y el equipo de Pukiyari Editores por su gran trabajo editorial. Tengo que agradecer también, por obligación más que por gusto, que quede constancia de esto, a mi hermana Macarena que me dictó el manuscrito durante varias tardes, mientras lo pasaba al computador.